我伤感的青春

マイ・センチメンタルジャーニィ

渡边淳一 著

祝子平 译

青岛出版社

关于本书的几句话

回想自己的青春，有爱，有情，但同时还有不少的烦恼、彷徨与迷惘。写这本书便是想对自己过去的一切，作一番总结与反省。

书中的人物、地方并不局限于我二十岁前后的青春时期，十几岁、三十几岁、四十几岁以至今日的各种悔悟迷惘、乡愁遗恨都记在了这本书里。

从这个意义上说，我的青春范围就要广泛得多了。

如果问什么是青春的定义，我的回答是"思索、烦恼、迷惘便是青春"。那么不管活到什么岁数，即使是五六十岁，也还是有着太多的思索、烦恼、迷惘的。这五六十岁也能说是青春吗？我的回答是肯定的。

也许我的结论太武断,但一个人如果失去了思索、烦恼与迷惘,安于现状,无所作为的话,那么他的青春才是真正意义上的完结了。

不知是幸还是不幸,我现在也还是有很多的思索、烦恼和迷惘,所以我认为自己至今也还青春常在。而且我还有个奢望,就是希望自己至死都能保持着这种青春的活力。

说老实话,写完这本书,我的体内便激荡着一股无法形容的青春活力,而且有一种继续再写下去的激情在我胸中荡漾。

如果再写,我还要写一本《我伤感的青春》,因为我想,自己的思索、烦恼、迷惘,只有自己最有感受,只有自己最能把握,同时也只有自己最能冷静地对待!

渡边淳一　二〇〇〇年八月

目 录

关于本书的几句话 / 001

雪之阿寒 / 001

温泉雾气里的青春 / 013

天盐的沙丘 / 024

春寒料峭的札幌 / 034

樱花荫翳下的庶民街 / 043

薄野之爱 / 051

大学附属医院的地下研究室 / 062

白衣之恋 / 072

昭和四十四年·银座 / 084

消失了的城市——雄别 / 097

沉湎在祇园 / 109

妖孽的支笏湖 / 119

如梦似幻的银座 / 127

京都的樱花 / 138

原宿——魂牵梦萦的地方 / 148

魂断轻井泽 / 159

令人忧伤的南纪白滨 / 168

六本木,可爱美丽的小猫 / 182

雪之阿寒

说起"阿寒",首先在我脑海里映出的是那一片荒无人迹的雪山,在那皑皑的山坡上清晰地印着一串长长的足迹,足迹的尽头是一个血红血红的倩影。当然这完全是我脑海里的臆想。一九五二年一月二十五日,一位少女,便似我臆想般地消失在这阿寒茫茫的雪原之中。

少女的名字叫加清纯子。当时是高中三年级的学生,芳龄十八岁。

太年轻了,然而少女却依然走了。记得是过了两个半月,四月初的一天,人们才在雪中发现了少女的遗体。

"有什么方法能使人死后依然保持美丽的容貌呢?……甚至比活着时更鲜亮、光彩。这死的方法只有一个,就是纯子选择的方法！在那冰清玉洁的雪原里,凛然而壮丽地跨过生命的极限,这样的选择,纯子是经过深思熟虑才决定的吧！那样年轻的姑娘竟会有如此精细周密的计算……"

以上是我的小说《魂断阿寒湖》的卷首开场白。

由此读者也许便会明白,我这小说的原型模特就是四十五年前,在那茫茫北国的阿寒,告别人生的加清纯子；这部小说的"青年作家之篇"中描述的少年便是读高中时的我。

今年冬季,我缅怀着纯子的往事,重访了严寒中的阿寒。

我追寻着已经消失了四十多年的少女的足迹,万千的感慨涌上心头。

所有的一切都埋没在这一望无际之中,所有的一切都消失在了那逝去的岁月之中。

然而,在我的心灵深处,纯子还是活着的！

现在我之所以造访她人生最后存在和诀别的地方,对我来说有着特殊的意义,或者说,我的心灵深处是希冀着在此寻找到一些什么东西的。

我与纯子相识是在读高二的时候。

那是一个情窦初开、向往恋爱的年龄。一般来说在那样的年龄里,男孩子总是比较主动的,可我与纯子的恋爱,却是纯子主动的结果。

记得是临近我生日的十月里的某一天,我在课桌里看到了一封纯子给我的信。

过几天,给你庆祝一下生日,就我们两人……
纯子

这字迹龙飞凤舞的短短一句话,着实让我激动得雀跃不止。

说来有些自吹自擂的味道,当时,我确实是个十分优秀的学生。

纯子嘛,喜欢画画,在北海道和东京女画家书画展上,她的画已经展出了好几次了,可以说已是一位颇有名气的少女画家了。在学校她从来不化妆,打扮也是平常的学生装,可头发却喜欢染成现在也十分流行的茶色。据说,那是她自己用双氧水和啤酒染上去的。

她当时不太到学校上课,来了也时常早退。这是因为她喜欢在家里整天对着画布画画,要么就是为了参加画展而请假去东京。

还因为她当时患有肺结核病,隔三差五地要去医院住上一段时间。再有就是她有一批画家、文人的朋友,经常会在薄野的酒吧、茶坊里聚会应酬,深更半夜酩酊大醉才回家也是常有的事情。

当然,关于她的情况,我都是听别人说的。在学校里,纯子也确实显得特别,老师也对她放任自流,经常缺席也不太去管她。

说老实话,我对纯子是不以为然的:尽管你是天才画家,但首先你是学生,应该严格遵守学校的规则。你有才能,你长得漂亮,便可以像一只野猫似的,上课姗姗来迟,还没下课又悄悄地溜走吗?这样自由散漫,作为学生是决不允许的。另外,我还听说有一次考试时,她的表现更是绝了,她第一个交卷,卷子上空空如也,只有一句话"不懂",而且这话竟还是用法语写的呢。所以,当时纯子在我心里只是个不知天高地厚的女孩子而已。

也许纯子是知道我对她的那些感觉的吧。

生日那天夜里,我如约与纯子一起去了一家寿司店,这是我第一次坐在店里吃寿司。那天纯子请客,回去的路上,又请了我一个突如其来的亲吻。

少年的心是纯洁的,抑或是脆弱的,那晚以后,我便成了纯子的俘虏了。

在这之前,我是那样对纯子不屑一顾,那样讨厌甚至妒恨她。现在想来,这也许是少年的我对早熟的纯子的一种独特的嫉妒,是一种少年自卑的表现而已。

总而言之,从那天晚上以后,我真正地恢复了自我,与纯子的感情也如胶似漆了。

约会的场所,我当时担任年级的图书组长,图书馆的钥匙由我保管。于是我们便经常去图书馆的馆员休息室,深更半夜,甜言蜜语,当然少不了还有那少男少女纯情的亲吻与游戏。纯子当时已经学会了抽烟,喝威士忌,对我这么个不谙世事的少年来说,她理所当然地成了老师,我也不是个太差的学生,没多少时间,老师的东西,我便学得十分地道了。

除了画画,纯子也写小说,已经在同人杂志上发表了《同性恋的少女》等好几篇小说。她还经常看法国原版恋爱电影,那些西方人对恋爱生活的感慨,什么"颓废"呀,"倦怠"呀,她也经常挂在嘴边。

那年秋天到翌年春天,我与纯子交往后,不仅尝尽了恋爱与异性的甜蜜,而且我自身的艺术修养和情趣也有了一个大大的提高。

世人都说:"男人能够改变女人",可对我来说却是不对。正好相反,应该说"女人能够改变男人"才对。纯子对我的影响太深了。当时如果没有与她交往,也许就不会有现在的我了。

从秋天到冬天,我们的恋爱风调雨顺。一成不变地夜里溜进图书馆的休息室,偷偷地幽会,偷偷地抽烟,偷偷地喝威士忌。万一被老师发现就糟了,我的心灵深处也时而有这样的想法闪现,但一种叛逆家庭和学校的逆反心理总是占上风,不断地驱使着我向纯子靠拢。

然而,在我不顾一切朝着纯子一往无前的时候,突然听到一些使人震惊的传闻。

传闻说,纯子有好几个男朋友,而且与他们都有着很深的关系。例如,教她画画的老师,给她诊病的医生,报社杂志的记者,在这些大她好多岁的男人圈里,她如鱼得水,犹如女王般地受着宠爱。

不过,对于这些传闻,我并没有在意。即使纯子与那些中年男人有关系,在我认为也是与自己风马牛不相干的另外一个世界的事情。我们高中生没有必要去为另外世界里的事情烦恼和妒恨。即使她有好多的男朋友,只要与我在一起能真心诚意,这就足够了。

抱着这样的心态,我与纯子的交往依然一帆风顺,然而情况终于发生了变化。

那年的春天,有传说纯子与东京来的一位O先生开始了交往。关于那O先生,有人说是什么党派的,三十岁左右,一表人才,又有不错的艺术修养,而且能说会道。

听到这个消息的一瞬间我预感到,这男人会将纯子从我身边夺走的。尽管我的恋爱经验还十分地少,但一种男人的直觉,使我如此预感。

果然不出所料,以后的一段日子,纯子明显地开始疏远我,与那位先生打得火热了。到了高中三年级的夏天,我与纯子的一切都结束了。

当然,我对纯子还是一往情深,只是自己实在没有力量将她留住,而且紧张的高考也日益逼近。

对自己的无能为力,当时我曾尽量地自我安慰。

纯子跑了,是因为自己太年轻,不成熟,使她感到太寂寞了。今后争取考上大学,使自己再成熟一些,她也许会再回来的。

这样自我安慰着,我狠狠心将纯子的事丢到脑后,集中心思开始对付高考。与我相反,纯子照样不太来校上课,最后干脆连人影也不见了。向她的朋友打听,说她本来准备考东京艺术大学的,现在已打消了这个念头,一心一意地跟着O先生了。

于是我继续努力将纯子忘记,继续努力地用功学习,终于顺利通过了高考。高考后大约有一个半月了吧,已是深夜一点多了,我突然被一阵寒气惊醒,原来我是复习功课太累,伏在桌子上睡着了,感到背后寒冷,便转过身去,发觉背后的窗子打开了。

猛地有一种感觉,纯子来过了。

因为以前她来找我,总是站在这窗下,轻轻地叩几下窗户,贴着窗玻璃,黑暗中她那少女灿烂的微笑,总将我惹得迫不及待地跳出窗口。

可是那个夜里,当我赶紧打开窗户时,却怎么也不见她的人影。再仔细看却惊奇地发现,窗下洁白的积雪上,搁着一束鲜红鲜红的康乃馨。

我慌忙跑到屋外,盲目地追了一阵,但是月光下白惨惨的雪地上,静悄悄地不见一个人影。

我回到窗下捧起那束康乃馨。第二天去学校便马上向纯子的朋友打听她的住址。

"纯子说今天头班列车去阿寒,现在已不在家了吧。"

纯子朋友的说法使我突然产生一种不祥的预感,而且更不幸的是,这预感不久便成了现实。

她说要到钏路去,在那里又住了几天,便一个人向着雪茫茫的阿寒走了。在那里,她住在雄阿寒宾馆,两天后,雪住了,她便说去写生,便朝着阿寒与北见连接的钏北峰出发了。

事后从当地人口中也只能知道纯子的这些零碎情况。这也便是我所能知道的纯子人生的最后踪迹。

两个半月后,纯子的遗体在俯瞰着阿寒湖的钏北峰附近的山坡上被发现了。

已是四月,厚厚大雪覆盖着的阿寒也终于能沐浴春天阳光的温暖了。纯子裹着一身鲜红的大衣,从雪中出现了。她脸伏在雪中,脸色比活着时苍白,但是依然十分美丽。她的身边散落着临终时喝的毒药空瓶,她经常抽的"光"牌香烟盒以及围巾之类的东西。

纯子为什么要自杀?她没有留下遗书,所以至今这还是一个不解的谜。

但是,我与她当时有过一段那么深的友情,就我对她的了解,我还是能推测出一些理由来的。

首先,纯子是个十分早熟、自尊心极强的女孩。我甚至认为,那样的人生也许正是她必然的结局。

当时,在少年的我眼里,纯子似乎是个无所不能的大人,然而事实上她是耗尽自己的精力每时每刻不停地、拼命地在演着一幕人生的大戏,拼命地刻薄自己,要将自己的形象塑造得尽善尽美。

譬如,离开札幌去阿寒的前夜,在我窗下悄悄搁下的那束康乃馨。事后我才知道,她在与她交往过的五个男朋友的家门前都送了同样的鲜花。

不知道是幸还是不幸,直到我写小说《魂断阿寒湖》时,还不知道事情的真相,因此还是认为纯子在诀别这世界之际,特意给我送来了鲜花,她心里最最爱的应该是我。也许她其他的男友也是这么自信而坚定的吧!

还有她明明患肺结核,时常咯血,可当我与她接吻,流露出怕受传染的神情时,她却一口否定自己有结核病,说她之所以说自己有病,是因为想找借口不去学校上课。

当然,对她的虚伪和谎言,至今为止,我从没有一点厌烦,反而对一个十七八岁的少女,为了给人一个美好的印象,能够那样压抑自己而感到钦佩。同时深深地理解,她自己的人生,肯定是无时无刻不感到筋疲力尽的。

或许她对自己宽容一些,现实一些,她的人生便不至于走上极端。然而,早熟、要强、自尊使她误入了虚妄的世界而不能自拔,或者说想自拔却找不到方向。她当时确实经常唠叨想要自杀,而且事实在中学时也曾有过一次自杀未遂的经历。

当时年轻不谙世事的我认为,纯子说的"想自杀",只不过是一个女孩特有的口头禅而已,我有时甚至还对她冷嘲热讽:"真正想死的人是不说死的。"然而,她却是真的,她是说想死而真的去死了。

现在是追悔莫及了。但反过来想想,也许纯子年纪轻轻便已悟感到死是一件非常壮丽的事,感到死能给很多的人留下永不磨灭的印象,所以她是视死如归的。

现在对我来说，纯子留下一个谜，就是谁是她真正的心上人。

这一点也许是与她交往过的五个男人都在考虑的吧。也许纯子最后的男友，那位O先生，便是她真正爱着的心上人吧。

但是，纯子在离开札幌的前夜，同时给五位男友送了鲜花，所以也许谁都不是她真正的心上人，她真正的心上人其实就是她自己！

这从她短暂的人生戏剧性的活法，以及自强、自尊的性格，便可以推想得到。

如果不是这样，那么我的那段与她热恋的美好青春就不会被她葬送。

现在的阿寒，与四十多年前纯子那时的阿寒相比，已经面目全非了。

当年，纯子乘着叮当铃响的马爬犁去阿寒的雪道，也已成了宽阔的柏油马路了，即使冬天也通着公共班车。那茫茫的雪野里，也时时能见到矫捷的丹顶鹤在翩翩起舞，以及星星点点散落着的现代化的养牛场和农舍。

纯子最后住的雄阿寒宾馆已不复存在了，她最后走的那条通向钏北峰的小道也变成了平坦的国道，逶迤地绕过山峰通向远方。道路、房子,周围的景色都已今非昔比,然而毕竟还是有不管风吹雪打永不变化的东西。

这就是阿寒的白雪,一脚一个声响的雪山峻冽的脉搏,以及那寒冬中枯叶落尽的古树的孤寂与肃穆。

还有我心灵深处,纯子那十八岁的倩影,也是永远不会改变的。

为什么要死,我也不想再问。谁是真正的心上人,也已不想再问。

我现在只想,向纯子轻轻地诉述:

有很多很多的人,为你十八岁的生命惋惜、悲哀和伤心。

但是,相信你十八岁时,并不感到悲哀,有的只是骄傲、任性和自尊。

你的生命给很多很多的人留下了未知,留下了迷惑,没有比你的死,更能使人们感到刻骨铭心的东西了!

你如此壮丽、奢华的死,使人感到痛惜,感到叹服。随着我年龄的增长,更感到无比的嫉妒。

确实,不管我怎么诉述、表白,千言万语,我只想表达一个意思:在我的眼睛里,纯子永远是一位十八岁的青春少女!

温泉雾气里的青春

每当听到登别温泉这个地名,我心中那些沉淀了的遥远青春时代的甜美、迷惘就会重新浮起,同时胸口又会漾起一种浪漫、激荡的感觉。

这是因为,虽说时间不长,但我年轻时曾与登别有过一段难忘的因缘。

回想起来,那恍惚已是四十年前的往事了。

当时,登别对我来说是个令人激动而又神秘的地方。

我那时二十二岁,在札幌的一所医科大学医学系上学,正在与一位S姑娘热恋。

她与我同龄,从札幌的某短期大学毕业后去了登别,在一家颇具规模的温泉旅馆当营养师。

当然,我是希望她留在札幌的,可城市里没有合适的工作,她便选择了去登别温泉。

当时去登别,必须先从札幌乘两个半小时宝兰本线的快车,再乘三十分钟长途汽车才能到达。

我为了那姑娘,曾每月一次地利用周末赶去登别温泉。或许我那时确实是被她迷住了吧。

公正地说,那姑娘容貌、身材都并不十分出色,身材瘦小,圆圆的脸蛋,街上随便找个姑娘与她相比,都不会比她逊色。

然而,她身上却有着一种其他少女所没有的艳丽气质。特别是与她相好时,她那种妖艳、淫荡总能营造出一种令人激奋不已的氛围。

我与她开始相爱,是在十九岁那年的夏天。随着交往加深,她曾对我坦白过她过去男人的事情。她高中二年级就与一位四十岁的男人有了关系,她说起这事总是透着一种自嘲的语气:

"我可是他的小老婆啊!"

也许她说得不错,用现在的话来说,他们之间的交往可以说是"金钱交易"了。

她家在旭川,父亲是旭川市的议会议员,应该说是不缺钱花的,但她却与人做出了"金钱交易"的勾当来。问她理由,她只是怏怏地说道:"家里一点温暖都没有……"我后来才知道,她母亲是继母,她的所作所为也许便是由此产生的吧。

那时的我,对异性有一点懵懵懂懂的感性认识,所以每次与她做爱,都会感到十分地刺激且兴奋不已。也许她那种性爱的技巧,都是从那中年男人处学来的吧。

所以坦率地说,那时我不是对她的容貌、身材,而是为她的大胆、放荡的性爱而着迷。

当时,我还有别的女朋友,但与S姑娘相比,在成熟、激情上总显得不尽人意。所以每到周末,我总是情不自禁地想念她,并且尽可能大老远地从札幌赶去登别。

然而,现实生活是严峻的,并不似理想中那么轻松。

这首先因为我当时还只是个学生,没有足够的经济来源。从札幌去登别,当然要有车费、旅馆费。车费先不去说,因为那里是一流的观光地,旅馆费用都是令人咋舌地昂贵。虽说并不是由我一个人支付,当时有工资收入的她也十分慷慨,但对我们来说,那一流旅馆的费用还是无法承受。另外还有一个原因,便是登别温泉就那么巴掌大的一块地方,住在那里的人抬头不见低头见,我们两人偷偷摸摸的爱情要掩人耳目,必须去别的地方住宿。

为此,我们总是避开登别温泉,而赶到登别市内或者离登别温泉八公里之遥的卡露斯温泉,甚至更远的宝兰去过夜。

这几个地方，我们住的旅馆或宾馆对于恋人来说，应该都不是十分合适的去处。特别令我难忘的是卡露斯温泉，因为在那里我出过一次洋相。

卡露斯温泉是个原来只有几户人家的小地方，到这里洗温泉的也大抵是为治病而来的老人。那天我与S姑娘租了一间简陋的旅舍，喘了口气后便去洗温泉。进到浴场里，只见许多老人都在浴池前垂着头，用木桶汲水朝自己的头上浇，还有那些带着儿童来的大人也把木桶里的水朝小孩头上浇。

于是我便认为，这里洗温泉的习惯，先要用水朝自己头上浇过后才能入浴，于是便学着样也盛了水来朝头上浇，不想那温泉水实在太烫，猛地一浇下，烫得我差点昏过去，但想到这是习惯，便坚持着浇了好几下，洗完澡去账台，闲谈中才得知真相，大大地吃了一惊。

原来这里的温泉从古时就传说能治头痛病，所以那些患轻微脑梗塞症的老人和患有脑病的小孩才特意到这里朝头上淋温泉。想想自己刚刚东施效颦地使劲儿朝自己头上浇烫水的情景，真正是羞得入地无门了。又联想到，带女朋友来这种地方浪漫调情，实在不能不说自己的脑子是很有毛病的呢。

不过，不管怎么说，在那地狱谷深处山峡里的温泉雾气中，与S姑娘度过的那些日子，对我来说是一段遥远而甜蜜的回忆，同时我又一次认识到自己当时对 S 姑娘是多么贪婪!

与卡露斯温泉一样,还有一个不能忘记的地方便是宝兰。这是登别地区最大的一个城市,当时有十三万人口,有港口及大型钢铁工厂,是一个相当热闹的城市。

从登别乘三十分钟左右的长途汽车便可到达宝兰。要说避人耳目,这里是最适合的地方了,可这城里的居民大多是炼钢厂或是海港作业的工人,所以整个城市总飘荡着某种粗鲁野蛮的气氛。

记得是个深秋的季节,那天我独自赶到宝兰,在车站附近的小巷中找了家便宜的小旅馆,等着 S 姑娘的来到。等着等着,不由地有些不耐烦了,便自怨自艾起来:怎么会迷上这么个女人?

暮色朦胧了,S 姑娘才匆匆赶来。于是两人顶着呼啸的寒风去附近的小饭店草草地吃了些东西,便早早地钻进被窝里去了。

大约是深夜十二点了吧,突然一阵急促的脚步声将我们惊醒,慌忙爬起身来,房门已被人敲得震天响,开门一看是两个警察。警察看着不知所措、呆若木鸡的我们要求出示身份证。于是我只好拿出自己的学生证,S 姑娘没带证件只好如实告知在登别的温泉旅馆工作。结果还好,警察只是训了我一顿,说"学生不许再带女朋友来这种地方"便去别处检查了。

战争时期,警察可以临时检查的名义,突然搜查旅馆或集会场所。可那天又是为了什么呢?是附近发生了盗窃,还是伤人案件?总而言之,我们那天的好事是被彻底地搅了,又莫名其妙地被训了一顿,心里有一股受污辱的窝囊气。

那天夜里,我俩虽说重又拥着薄薄的被衾,紧紧地依偎在了一起,但外面不断传来的淅淅沥沥的雨声和汽笛声,使我心里始终有着一种来到遥远偏僻乡下的孤寂情绪,久久不能散去。

翌日,我们迟迟用了早餐,出了旅馆去看电影。那天上演的是成濑已喜男导演的《浮云》,主演是森雅之和高峰秀子。影片描写了一对男女为情爱所迫,最后流落到尾久岛上的故事。影片中一对恋人最后悲惨却又不能自拔的生活,我是有着切身的体会的,非常能引起我的共鸣。电影结束后,我还怔怔地坐在位子上,久久地不愿离去。

三个半月后,我再次去登别,照例在车站附近的小巷里找了家便宜的小旅馆,等着S姑娘的到来。然而,那天却发生了一件让我终生难忘的事情。

季节是冬天,我从札幌出发时天就下起了雪,到了登别雪还是不停,旅馆门前二十米处已是积雪皑皑了。我订的旅馆房间是最里面的一间,由于房间里太冷,我大衣都没脱,默默地等着

S姑娘,但到了约好的晚上八时,还不见她的影子。

也许是加班,也许临时有急事一下子脱不开身,我望着屋外纷纷扬扬的大雪,猜想着S姑娘所在的充满温泉雾气之地的种种情景,不由地迷迷糊糊地打起了瞌睡来。不知过了多久,我猛地醒来,S姑娘还没有来,再看时钟已是深夜十点多了。

不管工作怎么忙,也不会忙到这么晚的,即使真的脱不开身,也应该来个电话。看这情况,一定是碰到什么紧急事情了。

脑子里胡思乱想着,又等了好一会儿,还是不见她来,将近十二点了,才感到有些不妙,便到旅馆的服务台去打电话。

但是,单位里、家里都没有人接电话。

这么厚厚的雪帘中,S姑娘到底在哪里啊!

不断地为她担着心,呆呆地看着暖气炉中一窜一窜的火苗,又等了好一会儿,突然听到走廊里有急促的脚步声,她终于来了。

"对不起……"

跑得气喘吁吁的她一进房门便一屁股坐在了地上,深深低下了头,嘴里呼呼地喘着粗气。我不禁重新仔细地打量了她一遍,只见她除了头发与大衣肩上有些融化了的雪水外,并没有什么异常。

"为什么这么晚……"

面对焦急地诘问的我,她无声地喝了一口水,喃喃地说道:

"被人家缠住了。"

到底发生了什么事?看着我一脸迷惑的表情,她才吞吞吐吐地说起了事情的经过。原来今晚下班她刚要走的时候,被旅馆的经理叫住了,硬是拖着一起去了附近宾馆的餐厅里吃晚饭。这经理以前就表示对她有意思,曾好几次邀请她,她都以各种借口谢绝了。可今天,再拒绝怕得罪了这位上司,便勉强地答应了。

"那人,真是太会纠缠了。吃了晚饭又硬拖去酒吧,直到三十分钟前才终于脱身出来。"

看来她确实穷于应付,搞得筋疲力尽了,以至说话也断断续续,时而不停地低声抽泣。看着她那纤弱可怜的样子,想到她终于来到了自己的身边,我的一颗心才终于放了下来,我不由地轻轻吻着她,把她抱到了床上。

然而,她突然有些扭捏,稍稍地挣扎着说:

"去洗个澡。"

然后便独自去了旅馆的澡堂。都有一个小时了,还不见她回来,我又担心起来,正想去找她,她却回到屋里来了。

接着所发生的一切,都是我俩习惯的游戏,她也很平常,我也很正常,热烈地拥抱,纵情地激荡,一切都与平时见面时一样,直到两人尽情尽性,心满意足。

然而，总有些异样，当我们平静下来后，我总感到今晚的她与平时不一样，抱着她就像抱着另外的姑娘一样。以前的那个扑在我怀里，任我拥抱，任我亲热的 S 姑娘已不在了。今天的 S 姑娘是个十分理智、扭捏、多愁的姑娘。

这种异样的感觉，第二天起床后也一直不能拂去。最后我便抱着这种疑惑不解的心情乘上火车与她告别了。

与昨天大雪纷飞的天气相比，今天是个难得的晴朗好天气，到月台上来送我的她，在列车启动的瞬间，只对我轻轻地点点头，挥挥手，很快地，她那低着头的身影便消失在了茫茫的雪中。

一个人默默地坐在列车里，眺望着远去的登别街景，突然想起忘了问她一件最重要的事了。

"是不是那位经理对你非礼啦？"

这句话，昨晚曾好几次想问，但总没能启齿。自己是怎么啦？是怕问了，她承认了，自己便会不知所措，也许正是这种心理作怪才使自己终于没能开口。

"那经理，你也并不是很讨厌吧！"

昨晚躺在床上，看着她一副无所谓的表情，我是怕这么一问，她便会干脆承认，给我一个难堪。不，不仅仅是难堪，应该说是怕她那身体中蕴藏着的女人的娇艳神秘会突然从我的生活中消失。

果然不错,现在坐在行驶在雪原上的列车里,我是实实在在地感觉到,S姑娘已在慢慢地离我远去了。

昨天晚上开始,S姑娘已不是以前的她了,她那奔放的身躯里已经潜入了另一个男人,这个男人的存在,将我与她之间的距离拉开来。

我默默地想着,想到这已经成为现实的现实,心头不由有些轻松,同时又生出一种迷恋,迷恋着那离我而远去的S姑娘。

离那个大雪纷飞的夜晚,已经过了四年,我作为一名医生,又一次去了登别温泉。

厚生年金登别整形外科医院,这便是我工作的单位。作为大学派出的巡回医生,前后两次,我在那温泉之城里待了五个月左右。

那时,S姑娘已经离开了登别,因为家庭的关系,移居去了遥远的南美洲。

另一方面,我自己经过四年岁月的洗涤,当时的幼稚、迷惘、自负、恼恨、耻辱,所有的一切都已忘掉,与S姑娘的往事只成为了一个遥远的亮点。

可是,当我又一次走进那温泉之乡,除了那人流如潮的繁华和从地狱谷中涌出来硫黄味外,我总是不能不感受到一种激荡心胸的浪漫。

这也许是对 S 姑娘的浪漫、奔放的迷恋,但同时又是因为这温泉之乡那特有的惹人心气浮动的魅力所致。

青春时代,只要在这温泉之乡待过的人,哪怕只很短暂的时间,也会终身染上这放荡不羁的温泉气息。

可不是嘛,这种讨人厌的、娇艳放荡的气质,过了四十年也没有从我身上消失,在我的感觉里,它已像一道旧伤痕,深深地嵌在我的身体里了。

天盐的沙丘

　　天盐位于北海道的西北部。从最北面的稚内朝日本海方向，沿着海岸线再朝南去，便能见到雅口关内的沙丘，穿过这沙丘，便可看到一片花园似的叫作沙龙坝的大平原。

　　这地方夏天来得晚，到了七月百花才争妍开放，就像要将迟到的时间夺回来似的。隔着碧绿的大海能望见对面的利尻富士山，在这宽阔浩渺的绿色平原上，最醒目的是夷甘草的黄花迎着海风欢快地摇曳。

　　从这大平原乘车再南下三十分钟，便会出现一座繁华的小城市——天盐。天盐城居民约五千多，主要从事奶酪和水产加工，是个环境幽静的地方。

　　不过，这小城以前曾以盛产鲢鱼而闻名，最盛时期各种水产行业十分发达,人口也曾达到一万多。

我初次去那小城是昭和三十二年(1957年)的夏天,当时我是大学医学系的四年级学生,与同学Y君一起利用暑假去那里的一家镇立医院实习。

这医院只有内科、外科与妇产科的医生,病床也只有五十张,是个小规模的医院。医院的院长姓吉原,他还兼着医院的内科医生,是位十分博学的先生。他与Y君的朋友关系很好,所以便同意接受我们去实习。虽说我们是医学系的学生,但直接接触病人的临床经验几乎等于零,所以我们对这次实习的机会既十分珍惜,又十分紧张。

到医院的那天,吉原院长便将我们向医院全体人员作了介绍,又领着我们参观了医院的整个设施。同时边参观边将住院病人的病历、病状给我们一一作了说明,最后又让我们参观了门诊。另外还让我们实地操作了尿液、血液的检验,X光片拍摄以及注射等等的工作。

院长特地为我们腾出一间空房,伙食也完全免费。总之,为我们安排了作为一个医生所需要的一切东西。

这一切在大学里几乎是不可能的,有限的几张病床,学生轮流临床,即使如此,一年中也只有一两次的机会。与此相比,现在在这医院有着充分的时间接触病人,观察病情,对我的医术进步是十分有益的。

住院的病人很快便知道我们是医学院的学生，但是也许因为吉原院长关照过，我们去查房，那些病人们都十分乐意配合我们。

当时北海道一些地方医院正隐性出现医生不足的状况，天盐的医院也是一样。所以，当我们稍微熟悉了一下医院的工作，便作为正式医生每天顶班了，有时甚至还要独立到病人家里去出诊。当然在医院当班，一般都只需解决一些病人头痛脑热、失眠难过之类的小问题，碰到真正的大问题，可以与住在医院附近的院长联系，让他过来处理。出诊的病人也大多是腰酸背痛、伤风感冒之类的小毛病。

天盐虽说是一座沿海小城，可它的周围散落着不少的村庄与集居地。这些地方几乎没有任何医疗设施，所以去那些地方出诊，尽管我们是学生新手，但也十分受欢迎。

当然，我们的知识还十分浅薄，用药、注射也都还没经验，碰上一些不太常见的病情，也都不能马上拿定主意，这种场合往往十分希望得到一同去的护士的帮助。

开着医院的车子，沿着海边坑坑洼洼的道路行驶，有时还要通过一些更加崎岖的小道，才能到达出诊的农家。一个多小时的颠簸是十分累人的，但当时我们都年轻，不仅没感到累，有着年轻护士的同行,还有着一种兜风似的快乐呢。

而且,我们每到一家,病人即使躺在床上,也总强撑着身子起来给我们行礼。看好病后,还会送一大瓶牛奶给我们,有时还让我们骑马玩耍。回去时病人家属总是全员出动送行,一直到我们的汽车看不见,他们还在不断地挥手致意。

受着这么隆重的待遇,更加感到自己在这地方的价值,有时真会涌起要在这偏僻的地方干上一辈子的念头呢。

然而,实习的生活并不都是一帆风顺、称心如意的。

也有的病人知道我们是学生后便明显露出厌恶的神色,更有甚者,干脆拒绝我们,嚷着:"请院长来给我看病……"

还有我们自己,也时时在为自己的医术不精而苦恼。

比如有一次,对病历卡的一个偶然的错误没有注意,那位病人明明心脏没什么大病,可我却照着病历卡的错误作了误诊,等到病人都感到不适了,才知道不对,慌忙地改正。

最令人难忘的是有一个 A 病人的死亡事件,那是位六十多岁的老人,半个月前脑溢血一直昏迷不醒,那天正轮到我值班,病人的病情恶化了。我心里倒是早有准备,马上给他打了强心针,但情况还是不见好转,凌晨时,他终于停止了呼吸。

听诊器里已听不到心跳的声音,脉搏也不见跳动,于是我便深深地低下头向家属宣布:"已经过世了。"

这一切是预料之中的,我照规矩宣布完死亡的消息,刚想离开病房时,突然死去的病人又深深地吐出一口气来。

一下子,围着病人悲哀哭泣的家属全部盯着我大叫:"医生……"

"已经过世",不是明明活着吗!家属们的脸上明显地露出了愤怒和疑问。

我慌忙奔向病床,又一次仔细诊听病人的心脏,最终确认完全没有了跳动,才又一次喃喃地说道:"这次是真的了……"

人死亡时,呼吸停止,体内的二氧化碳会突然剧增,受这气体的刺激有时会恢复呼吸,这在医学上称为"陈施呼吸",作为医生应该知道这一点,应该等这呼吸结束后才能向人们宣布死亡。然而令人难为情的是,我连这么个常识也不懂;当然在医学书上是读到过的,可没有实践的经验,所以便会出这么一个大大的洋相。

"宣告死亡,是不能草率行事的!"事后吉原院长对我作了批评,更使我感到自己的莽撞与无知,再想想当时在病人家属众目睽睽之下的窘态,真正是羞得无地自容了。

"那个新来的,连死人活人也分不清呀!"

一想到有人会在背后这么说我,我真是连穿着白大褂在医院里走路的勇气也没有了。

医院的实习是难忘的,更难忘的是我与圭子的一段恋情。

她当时是医院的护士兼病房主任。年龄与我一样二十三岁,由于以前从事过正规的护士工作,所以临床经验要比我丰富得多。

她那小巧的身体,白皙的皮肤,再罩上一袭洁白的大褂,更显出她那似小白兔的可爱与敏捷。

当时与她一起出诊,是件快乐的事情,无论路途多么遥远也不会感到辛苦。

然而,令我伤脑筋的是,不仅是我,与我同来的Y君也爱慕着她。这从医院员工聚会上,稍微喝些酒后,Y君对她的言语举止便能察觉到。

当然,Y君也知道我对圭子抱有好感,这样便形成了住在同一寝室的两个男人,同时追求一个姑娘的局面了。

这种情况下,一般男人总是嘴上十分大度、十分绅士的。望着Y君那几乎要说出"没关系,你去找她吧"这样话来的眼神,我心里便打起了退堂鼓。毕竟Y君比我大,显得比我更成熟老练。更何况,对他大度一些还更能体现自己绅士的气度呢。

然而,正当我犹豫不决、期期艾艾的时候,发现圭子已经知道了我对她抱有好感。可不是嘛,在此之前,我们一起出诊时已经相互亲热地拉过手,值班的深夜里,在走廊里我们曾相互交换过热切的目光,这一切圭子当然是完全明白的。

暑假过了一半时,Y君家里突然发生了不测之事,他告假两个星期,匆匆赶回札幌去了。

当然不能说是乘人之危,但确实是这段时间,我与圭子的关系急速发展,很快就相亲相爱起来了。

记得第一次亲吻是在医院我的房间里,当然Y君不在是个绝好的机会。以后便感到医院的寝室不方便,于是两人约好了利用休息日去稚内,在旅馆里过了一夜。

不言而喻,从札幌回来的Y君一眼便察觉了我们的关系。他心里一定是很失望的,但嘴上却只说了一句:"有你好样的。"便再没有表示什么不快。

既然Y君也知道了,我心里轻松了许多,于是便更加主动地与圭子约会。说是约会,天盐的地方很小,也只有几个去处。当时我们经常去的是医院后面的那长长窄窄的小道,走上二十分钟就可到达海边的沙丘上。

到了这沙丘,便不会有什么人来了。

登上杂草萋萋的沙丘,眼前是天盐河,越过河岸,横在眼前的便是日本海,海的远处隐隐约约地浮动着的三角形的山峦,便是利尻富士山了。

一天工作结束了,暮色中两人登上那沙丘,望着那海对面的利尻富士山的颜色由橙色、朱色、浅紫最后转为深藏青色,可谓五彩缤纷,变幻莫测。然而,当那夕阳在水平线上沉下的一瞬间,周围便万物玄色,黑暗一片,于是夜便突然地光临了。

刚才还在沙丘背后广阔的沼地里戏耍飞翔的小鸟,也一下子消失在黑暗中,夜显得十分静寂,那些猫头鹰、野狐的啼声能听得清清楚楚。

我与圭子便在这落日里亲吻,对着西沉的夕阳亲吻,然后紧紧地牵着手踏着灌木丛生的小路归去,路上还是频频地亲吻。

大海、晚霞、五彩变幻的利尻富士山、沙丘的静谧,这一切催动着我与圭子的激情,使得我们还不太成熟的爱情突飞猛进地发展。

但是,暑期结束,我必须要回札幌了。

"你一定来札幌玩啊",对我真诚的邀请,她只是默默地点点头,身体偎依在我的怀里,像一只小兔微微地颤抖。我感受着她的颤抖,坚信着能在札幌与她再会,心里盘算着陪她去札幌的哪里哪里游玩。

然而,一旦分别,两人的关系便很快地冷却。最大的原因是札幌与天盐的距离太远了。

当时从札幌乘夜车第二天早上才到达丰富,从丰富转乘地方上的支线火车,还要一个多小时才能到天盐。这么长途跋涉,不要说圭子,就是我也实在吃不消了。

想见面不能马上见,这样日子长了,两人之间的关系便好像受着风雨侵蚀似的慢慢出现了缝隙。

而且她的家在天盐,她的母亲又体弱多病,她是无论如何不能离开家庭的。

当然,两人要是真正地相爱,也许没有克服不了的困难。但当时我自己确实也没有这样的勇气与魄力。

俗话说,时光能磨灭一切,经常不在身边的东西便会被时光渐渐地磨得无影无踪。可惜的是,我与圭子的恋爱也一样,成了这句俗语的真实注脚。

光阴四十载,其间听人说她结婚后住在札幌附近。当然这只是听说,我们终于没能再会,而岁月却是无情地流了过去。

不过,现在每当我看地图,看到利尻富士或者沙龙坝的地名,便会条件反射地想起天盐,当然还有那似小兔般的可爱、敏捷的圭子。

每当想起她,我便会觉得仿佛回到了大学时代,仿佛我的人生便在那里滞住了,两个人肩并肩,亲密地眺望过的晚霞中五彩缤纷的利尻富士山,成为了我青春记忆中最艳丽的景色,重新在我的脑海里浮现。

春寒料峭的札幌

　　北方的札幌,春天的脚步缓缓的。

　　白雪终于融化了,露出黑黝黝的泥土。春天似乎来到了,可是一阵寒风又会刮来片片的雪花,大地复又银装素裹,春天又悄然地隐去了。

　　如此春天来了又去,去了又来,在晚冬的札幌,我的心情也似这气候一般反反复复。

　　"这次去东京,真的能有所作为吗?"

　　我这样问着自己,那年是昭和四十四年(1959年)的三月中旬。

　　在这之前,我已经打算辞去札幌医科大学附属医院的工作,决定去东京闯一闯了。

虽然还没正式提出辞职，但过了三月底辞职的意思已向主任教授说过，他也表示理解，周围的同事也大都已经知道了。

可我心里确实还是犹豫不决，时时地在问着自己：

"真的，你今后不会后悔吗？"

决定了的事又犹豫不决，也是有不少理由的。

首先，辞去了医生的工作，靠写小说能否维持生活，心里十分没有把握。

在大学的医院里，当了这么久的医生，我渐渐地对医术也有了些信心。然而现在却要抛弃这已经习惯了的生活，去东京闯荡，这值不值得？

当然，至今为止，我写小说，得了新潮社的同人杂志奖，有两次候补直木奖和一次候补芥川奖，虽说都是候补，但作为一名新崛起的作家，已经在东京渐渐地为人注目，这一点我还是有点自信的。

可是，就凭这自信，便贸然去人生地不熟的东京，在那里当一名专业的作家，这又有几分的胜算呢？

就这一点来说，我对自己有没有自信就很难说了，说有吧，有些底气不足之感，说没有吧，又有些不甘心之叹。

就恰似这春天来而复去的北方气候，使人感到模棱两可，无所适从。

但是有一点是肯定的,待在札幌是不会有什么大前途的。

"要去,现在正是时候……"一个声音在我犹豫不决的心里激荡起来。

至今为止,就我的生活打个比喻,可以说是穿着两双草鞋。这比喻也许不太恰当,不过对我来说,医生是一双草鞋,文学又是一双草鞋,我是白天在医院穿着医生的草鞋,而回到家里,业余或周末夜深人静的时候,我是穿着文学这双草鞋的。所以说,当时我的精神始终是兼顾着这两个方面,说实在话,真是有些心余力绌、精疲力竭的感觉了。

看来是该决定最终穿哪一双草鞋的时候了!

心里是明白的,可行动就如猎人看见两只野兔似的,一下子无法果断地决定到底抓哪一只兔子。

正在这时,我所在的大学医院发生了一件事情。这便是日本全国首例心脏移植手术的成功。

那是在昭和四十三年(1958年)八月,手术是由当时札幌医科大学胸外科和田寿郎教授主刀。由于是全日本的首例心脏手术,所以引起了医学界乃至整个社会的极大反响。

当时,我是在整形外科研究室工作,隔一条走廊就是胸外科研究室。由于感兴趣,于是便不断地向胸外科、麻醉科、内科、病理等科的医生乃至护士打听那例手术的情况。随着对情况的不断了解,我却渐渐地对那手术产生了疑问。疑问主要有两点:一是提供心脏者的死亡判断标准;二是接受心脏手术患者的适应性的判断标准,这具体的在此我就不想多说了。

总之,我当时写了对那例心脏移植手术持反对意见的文章。于是我在大学内便感到难以待下去了。

当时我才三十岁多一点,所谓初生牛犊不怕虎,但结果是自己把自己逼上了尴尬之地。

主刀的和田教授当时还兼着手术部的部长,所以我在手术部也就不能再待了。更有甚者,连我的主任教授也向我提出了警告,使我一下子厌烦起来,再也不想在这医院里待下去了。

为了避风头,有一段时间我去了地方上的医院工作,可那里情况也不尽如人意,只要我一在什么科室出现,便会有人觉得我又要来窃取情报,写什么不利他们文章了。

说这些,是因为我当时辞去医生的工作而专业写小说,促使我下决心的便是那例心脏手术和由此而引起的种种不快。要是当时没有那场心脏手术,没有那些不快,也许我现在还在大学的医院或札幌周边地方上的什么医院里当医生呢。

从这个意义上来讲,那例心脏手术事件就不仅仅是单纯的医疗、新闻事件了,对我来说,应是人生道路上一个重大转折的契机。

本来我是不相信命运的,但一起突发事件能够改变人的一生,对这种在现实中存在的不可思议的神秘力量,我确实有着切肤之感!

从以上我辞去医生工作的理由可知,与其说我是想辞职,倒不如说我是不得不辞职的。正因为我是被逼着作出决定,所以便显得唐突和暧昧,这也给我留下了动摇不定的后遗症。

其他动摇不定的理由便是周围同事朋友对我的忠告。

例如,我决定离开医院时,同事们为我聚餐饯别,我的主任教授K先生曾对我说:

"如果改变主意,现在回来还不迟!"

这也许是先生考验我决定的一句玩笑话,可这确确实实地使我的决心动摇了。

另外还有札幌的女作家原田康子也劝我:

"写小说,还没有医生赚钱多呢。不去东京,改变主意现在还是来得及哟!"

也许这也是玩笑话,大家都是笑着说的,可对我来说,绝不是笑得出来的呀!

也许自己的决定确实是错了,也许自己正在朝着人生相反的方向起跑。使这种迷惑、不安更如雪上加霜的是我母亲的话语。

当我将自己辞职去东京之事向母亲说明时,母亲哭了:

"好容易工作稳定了,干吗又辞去呢?"

接着又厉声诘问:

"辞去医生不干,想干什么呢?"

于是我回答说:

"去东京,打算专业写小说。"

母亲听了怔怔地凝视了我好一会儿,如诉地嘟哝道:

"求你了,别去干那种卖笑的事情。"

至今为止,我写小说,从来就没想到是件卖笑的事情,当时听了这话,我着实大吃了一惊。

母亲的意见对与不对暂且不去说它,可母亲那真诚的眼泪,确实使我无法继续无动于衷!

犹豫到最后,我只好去向同人杂志的朋友们求助。

当时,我所属的一家叫《库勒玛》同人杂志,人员只有八个人,所谓短小精悍吧。年龄都在三十多、四十岁,有教师、地方政府公务员,医生就我一个。杂志取名叫《库勒玛》,是德语的谐音"风土"的意思,是我起的名字,目的是我们几个志同道合的朋友聚在一起,通过这一本杂志宣扬一种新的精神,杂志办起来后,大家都十分地热心。

每一次同人会,讨论稿件,大家都各抒己见,有时意见不合,争论激烈,愤而中途离去的情况也时有发生。但最终大家都会理解,因为所有的一切行为都是出于对小说的热爱,都是大家对文学爱好的一个充分证明。

这些朋友们曾将我的小说推荐出去,得了个新潮社举办的同人杂志奖,那是昭和四十年(1965年)的事,后来那小说又被推荐成芥川奖候补。另外我们中的X先生也继我之后得到了同人杂志奖,其他F先生、S先生的作品也被《文学界》转载,一时间成了全国颇受瞩目的同人杂志。

当时我们这些同人杂志的朋友们,经常在一家叫"萨冉贝"的小店里聚会,这是家离札幌火车站不远的店,主要卖些北方所特有的鱼类、贝类的新鲜刺身和烤海鲜,是家地地道道的家乡菜馆,由于我们与那店老板相熟,所以都喜欢去那里聚集。那年的三月中旬,我带着满腔的缠绵悱恻,找我的朋友们拿主意,也是在那爿小店里。

当然,他们是完全知道我辞职去东京的事的,而且也是举双手赞同的。

"说实在的,我心里七上八下的……"

我突如其来的如此没有自信的话语,使大家一下子面面相觑。沉默了好一会儿,有人说什么"孤注一掷,两年一定能拿到芥川奖"呀,什么"去东京,发表文章的机会多"啦之类的话来给我鼓劲儿。当然乍听这些话,我的心境并没有多少好转。

"总之,你得一往无前呀!"

我默默地听着他们那些鼓励的话,望着面前烤鱼炉里红红的火焰。

今后进入一个完全陌生的世界,真的能行吗?这句已经反反复复问过自己不知多少遍的话,我突然感到没有必要再问了。

总而言之,已经决定了的事,就只有勇往直前了!

这样自己给自己打气的瞬间,面前烤炉里滴进了几粒鱼的脂油,火苗一下子蹿起老高,脸颊被照得通红,我情不自禁地激动了起来:

"我去,我一定得去!"

我这话是说给周围的朋友们听的,可我知道这其实是说给我自己听的!

那天夜里,出了店门,外面又纷纷扬扬、飘飘洒洒地下起雪来。

从电视里看到,此时的东京已是盛开樱花的季节了。于是我更加感到,北海道春天的脚步真是缓慢得焦人呀。

如果这样下一夜雪,明晨又会是一个白茫茫的银色世界了吧。

不过,春天虽然迟迟不肯露面,但是春天的气息是确确实实地来到了。

与这季节一样,我的心里也终于泛起了一阵迟到的春意。

"事到如今,只有前进……"

我又一次告诫自己。将大衣领子翻起,迎着飞雪,踏着夜路朝家里走去。

这次重返三月的札幌,入夜后仍像当年那样寒冷彻骨,飞雪漫漫。

北国的春天确实是姗姗来迟,白雪依然是这城市的主人。

那天夜里,我眺望着暗黑中的飞雪,当时自己从那迷惘、彷徨中挣脱,毅然离开故乡踏上新的人生之路的青春时代,又一次在脑海里泛起。

"一切都好了,没有什么可担心的了。"

这么安慰着自己,我伫立在北国春天的飘雪中,回想起在那同样的季节里,自己年轻时的盲目、奔放、迷惘、彷徨,不由地感到心潮澎湃。

樱花荫翳下的庶民街

昭和四十年（1965年）三月，连绵的山峦上还盖着皑皑的积雪，我告别了故乡札幌，只身一人到了东京。东京已是樱花含苞欲放的季节了。

论季节该是春天了，可北方的春天却是有名无实的，与那里风雪雨雹交加的天气相比，东京阳光明媚、碧空如洗，这才是真正的春天呢。

一下子置身于两地如此大的反差之中，我突然想到自己今后的生活也将会产生巨大的变化，不由地感到周围的花气透着冷意，身子也禁不住地紧紧地缩了起来。

孑然一身来到这里，今后的路将会是怎样的呢……

尽管从决定来东京的那时起，心里对今后的艰难是有所准备的,然而现在,真正置身其中了,心里还是难免有些不安与迷惘。

到了东京后,我的生活终于安定下来,是住进了两国附近的石原一丁目的公寓以后。

当时,我为了生活,在墨田区石原的一家Y医院找了份每星期三天的临时医生工作。公寓是医院的,就在附近,房租也是全免。这是一套由两间六席① 房间与一间厨房组成的二室户,房间在三楼,上面还住着同医院的护士及其他杂勤人员。

搬到那里以后,尽管房间不宽畅,但我还是辟出一个小空间,布置出一个书房,准备了稿纸与笔墨。

以前在札幌我没能写出好的小说,是因为工作太忙,我总认为只要有时间,自己一定能写出好的东西来。

可是到了东京,每周只工作三天,写作的时间是有了,可以说是自己的理想成了现实,却还是没能写出像样的东西来。

这又是为什么呢……

确实自己的生活环境发生了巨大的变化。至今为止,自己住惯了的家,习惯了的医院、同事、同学,这一切突然全变了;来到东京这么个大都市,在完全陌生的医院里打着临时工。

---

① 日本房间面积都是以榻榻米席子计算的,一榻榻米席大约1.6平方米。

还有那每周四天的空闲日子,这当然为自己写小说提供了足够的时间,但我却对着这太多的余暇,一下子不能习惯,有些无从把握,无所适从了。

有一段时间,还是如以前札幌时的老习惯。每天早上七时匆匆起床,但突然发觉这么早起并没有什么事可做,只好又怏怏地再睡到床上去。也许早起写作不失为件好事,可想到又会有哪一个作家会这么早起神经兮兮地写作呢,于是只好再次钻进被窝睡到中午时分再起来。下午该写了吧,可打开电视便被精彩的节目所吸引了,心里便想着晚上再写吧。于是,下午又糊里糊涂地过去了。到了傍晚,去附近的小酒馆喝上几杯,不由头重脚轻,当然就更无法动笔了。于是想着干脆明天写吧,一觉睡去,结果一天便如此白白地过去了。

本来,作家是个奇妙的职业,早晨何时起床,或者一大早便喝起老酒,都不会有谁来说三道四的。所以说自由,是没有比这职业再自由的了。只是"写出东西来"这一使命却时时压在心头,使人一分钟的自由也没有!

以前在医院上班,每天查病房、看门诊、动手术,一切都犹如机器似的有规律,而且始终是争分夺秒、按部就班的,可现在突然都变了,一切都是自由的,都可由自己支配了,自己反而一下子不能适应了。

虽说生活不能一下子适应,但时间确实十分充裕。可是不能安下心来写东西又是什么原因呢?

现在回顾,当时的自己也许是太紧张了。

写小说,靠这收入来生活,也就是通常说的走专业作家的道路。每想到此,我便会莫名其妙地紧张起来,产生胆怯与焦虑,这也许是写不出东西的最大原因吧。

放松一些,不要有什么顾虑,这么自己勉励着自己,可一坐到稿纸前,编辑人员的态度、书籍杂志的铅字等等的胡思乱想又会在脑中浮现。于是,心里便会一阵阵烦躁,坐立不安,脑子也变得空空如也了。

当时自己的处境,简单来说便是个准专业作家。虽说已在中央的杂志得过新人奖,芥川奖、直木奖也进了候补,但离真正得奖还差一口气。打个有趣的比方,就像那相扑运动员一样,离十两[①]还差一步之遥。

这样的状态,如果不能再上一层楼,将是怎样的处境呢?

当时,我曾认真地想过这个离专业作家差一点,又不是专业作家的人的处境。

用打高尔夫球来比喻,水平达到与专业球员差一二棍的地

[①] 相扑运动员的级别,最高是横纲,依次是大关、关胁、小结、前头、十两。十两以下就不能算专业运动员了。

步。在别人看来一个业余的球员,已经达到"与专业球员差不多的水平"了,这无疑是很了不起的一种荣誉。可这业余球员如转成了专业球员,那在人们看来就是一个蹩脚的球员了。

再用女人来比喻,有人说"那姑娘长得像演员",那一定是表扬那姑娘漂亮了;可那姑娘如果真的去当了演员,那在人们看来便可能是个微不足道的三流演员了。

当时的我也一样,时常有人夸我说"做个专业作家也当之无愧了",这也许只是因为自己是个业余写作的而已吧……

那时,自己总是这么胡思乱想,烦恼无比,彷徨不定。

也许自己的选择太莽撞了?也许在札幌再待一段时间,再积蓄一些实力,然后再来东京才是上策?不,也许自己压根儿就没有什么实力。这么冒冒失失地到东京来,不是太唐突了吧!

果然如饯别的酒会上,恩师对我说的"人生每跨出一步必须三思"吗?或者如原田康子说的,应该对专业作家的艰难有充分的认识。

夜深人静,无缘无故地醒来,临别札幌时,母亲的话又会在耳边响起:

"你呀,干吗要去干那卖笑的营生呀!"

当时听了,只是感到母亲的话有些极端,一笑了之。可现在来到东京,静静地一个人想起来,作家的生活与卖笑的生活真是太相近了。

相同的日过晌午起床，相同的傍晚开始上班，相同的深更半夜不睡，相同的收入极不稳定，相同的银行不肯贷款。

这些与卖笑的行当一般无二，这样状态下能写出令人满意的作品来？

而且初来乍到的东京，举目无亲，孤独感又深深折磨着我的心灵。

虽说隔一天要去医院打工，要与那里的医生、护士交往，但自己心里毕竟只将那里当作暂时的混口饭的场所，心里别有他求的是另外的一个世界。况且，自己的这种心态也会有意无意地表露出来，所以，周围的人也不会与我有什么深交的。

那时，我经常一个人去与我的住所隔着一条马路的震灾纪念馆。不过，去那里并没有什么目的，只是那里有为纪念关东大地震死亡的众多生灵而设的纪念堂和草坪公园，是附近人们常去的一个休憩之地。

到了那里，往往只是呆呆地坐着，看那一群群的鸽子与追逐戏耍的孩子，以及带孩子来散心的老婆子。

大白天一个三十好几的汉子，怔怔地待在公园里，在附近戏耍的人们，也许会感到十分奇怪。可我身子坐在长靠椅上，大脑却一刻也不能休息，时而做着自我安慰，时而做着自我鼓励。

"啊,啊,人生不能蹉跎在这里呀!"

当时我打工的 Y 医院在东向岛还有一家分院,那里一位医生辞职。医院要我每周去那里帮忙一次,我爽快地答应了。

与住所隔壁的总医院相比,那分院是很远的,但想到也许去那里能够有个好心情,所以我就答应了。

去分院上班,使我领略了东京的好些地方。

例如分院东面的向岛百花园,与此相反方向的鸽之街,以樱花年糕闻名的长命寺,以及离那里不远的隅田川的沿岸风景。还有浅草的花屋敷、六区街等等。

去这些地方都是毫无目的的。只是信步而去,优哉游哉,有时停下来喝杯咖啡,有时坐下来喝上一杯酒。

当时的百花园在都市中还保持着一份祥和的宁静;鸽之街也有着粉头鸨母的余韵,显得娇艳而又闲适;浅草充满着庶民的嘈杂与活力;隅田川则悠悠扬扬的;隔岸望去总是一片霞光溢彩的景色。

记得当时有家小说杂志介绍了五位被认为有希望的新作家,其中有藤本义一、井上靖、石堂淑朗、长部日出雄和我,我的照片背景便是那隅田川畔的景色。

现在看着当时的照片,想到当时选中我们五人的那杂志的总编,如果我们五人与他心愿相反,没能出人头地,他该怎么办呢? 回首往事,恍如隔世呀。

两国、石原、东向岛界隈,每当回想起这些地方,都会觉得孤独、倦怠、惆怅,还有那樱花荫翳下的晌午至傍晚时分里所特有的深深的寂寞,浮上我的心头来。

初到东京时正逢到樱花争妍、花团锦簇烂漫的时节,在这繁花似锦的氛围里,我曾对今后的人生有过太多的彷徨与迷惘,也许正因为这个原因,才会使我对那些地方生情吧。

同时,或许也是那烂漫的樱花在欢迎我,在向我夸示都市的繁华,是在激励我品尝都市生活的美味。

"你这小子,来这里,会有出息吗?"

在那花气如云的樱花树下,我曾无数次地这么问过自己。也许是这种情绪太强烈,现在每到四月的樱花盛开季节,我一面会对那满树的樱花爱得如痴如狂,一面又会与那时一样生出些许的焦躁与叹息。

"现在,可是无法回头了呀……"

岁月如梭,将近三十年过去了。可东京庶民街里的那些樱花开放时的百花争艳,凋谢时的落英缤纷,那情那景,总能撩起我心中那一丝丝的忧愁!

薄野之爱

那时,我才二十五岁,刚从札幌医科大学毕业。为了取得医生资格,每天去大学附属医院当实习医生,还没有正式的固定收入。

有一天夜里,我平生第一次踏进了薄野①的一家酒吧门槛。当然,自己是去不起的,是跟着同医院的Y医生一起去的。

在那酒吧里,我结识了一名叫千秋的姑娘。

本来,男人与女人的交往,是很讲究一种缘分的,千秋与我的交往,正是应了这"缘分"的说法。

当时,千秋工作的那家酒吧属于一种舞蹈酒吧,大堂的中央

---

① 薄野是札幌市中心最热闹的娱乐区。

有乐队和舞池,客人可以在那里与店里的小姐一起跳舞。

与千秋是怎么跳起舞来的,现在已记不太确切了。只记得当时自己初涉这种场合,难免显得十分拘谨,很少言语。她见我显得有些无聊便主动上来邀请:

"一起跳个舞吧。"

那时代,跳舞在大学里也十分流行,各种学生组织为了募集活动经费,也经常举办舞蹈聚会。

所以我也学会了跳舞,可这种场合还是第一次,与千秋走到舞池里,心里紧张得不得了。

千秋身材小巧,气质高雅,穿着敞胸的黑礼服,胸口的金项链闪着耀眼的光芒。

我的眼睛一瞥见她的胸口的光芒,心脏便如小鹿似的跳跃起来,可她却显得满不在乎,胸脯紧紧地贴着我,十分地从容大方。

本来跳舞身体碰在一起是理所当然的事,可在酒吧里,又是那么敞胸露肩的姑娘,心脏难免怦怦乱跳,人也感到心荡耳热。跳了两三曲,临结束时,她突然附在我耳边轻轻地说道:

"有空,再来啊,就你一个人……"

说这句话时,千秋的声音有些颤抖,好似萨克斯管的音色。直到我从酒吧离去,那声音还久久地留在我耳边。

可是那样的地方,我一个人能去吗?去一次又要花多少钱啊?

过了好几天,我终于忍不住开口向Y医生打听起来。

Y医生的回答是一个人去不要紧的,可单身客人去那种地方是很少的,最好事先预约好哪一位小姐。至于费用嘛,准备好五千元问题就不大了。

当时大学毕业的工资是三万元,五千元是个不小的数字了。我为此又去了一家私人医院打工挣钱,一个月后,打电话到那家酒吧,确定了千秋上班的日子,便一人去了那家店里。

于是一发而不可收,从那以后,我又去了好几次,有时等她下班了又一起去吃夜宵,渐渐地对她就有了一些了解。

千秋与我同岁,也是二十五,却已有了一个两岁的女儿。但她并没有结婚,女儿的父亲据她说是在薄野经营着好几家饭店的S老板,比她大二十多岁。也就是说千秋是未婚先孕,对此她也不想隐瞒,言语之间还透着一种自己选择道路的自豪感。关于与S老板的关系,这是我最关心的问题,据她的解释也已完全结束了,现在只是为了女儿的抚养费偶尔有些联系而已。

我突然有一种好奇,问她为什么与S老板分开,她回答得十分干脆:

"那样的白相人,我讨厌!"

听了她这话,我才有些放心,但心底里还是存在着些许的疑虑,担心会在这薄野地区与她那分手的男人不期而遇。

那以后过了两三个月吧,我与千秋终于第一次出去旅行了一天。去的地方是离札幌乘车两个多小时的支笏湖。

在那湖边的旅馆里,我们第一次住在了一起,可不知什么原因,那晚我却一点精神都打不起来。

既然两人一起在外过夜,当然对她过去的一切该是原谅的了,但为什么打不起精神来呢?

我感到不可思议,但心里却似乎是有些明白的。

现在要说明一下,也许女性读者不会太理解,那就是男女结合,男人的自信是不可缺少的,男人只是当他感到自己能支配、掌握一个女人时,他与她的性爱才会顺利进行。

然而,我与千秋抱在一起的瞬间,不,更确切地说是在这以前,我的脑子里一直有着千秋的女儿及这女儿父亲的影子。当然我没见过他,也想象不出他的长相,但在我的意识深处,却一直在与他进行着战斗,以至关键时刻便败下阵来。

比自己大二十多岁,在薄野地区相当有名的老板,我是绝对胜他不过的。

这么一想,我自己也不能控制,不可思议地一下子萎靡不振,心慌意乱起来。

这在女人是无法理解的,往往碰到这种时候,她们会认为靠自己的爱情,用自己的技巧能够使男人重新振作起来。可事实往往适得其反,最后反而会使男人更加丧失自信。

幸好,千秋是个善解人意的姑娘,对我的无能,她只是轻轻地安慰道:

"今夜就睡吧,你能在我身边我就心满意足了。"

这语言充满着柔情,充满着慈爱。

我的男人的自尊因这一句话得救了。在那湖边一宿无语,第二天回到札幌,在钟台①附近的咖啡馆里,千秋一边喝着咖啡,一边喃喃地诉道:

"今晚,还想与你在一起呢。"

昨夜失败了,今夜再来一次,这是她的真心,还是出于同情?可我却顾不了这么多了,被那深深的情怀所包容着,一下子恢复了男人的自信。

那夜,我们又一起住进了札幌的宾馆,我激烈得不能自制,她热烈得无与伦比,终于我们的爱成功了,身心都感到无比地舒畅、满足。

与千秋相好后,我是平生第一次尝到了女人娴熟技巧的滋

---

① 札幌市内的名胜古迹。

味。这也许是她以前的那位男人教给她的,但此时对这些我已是无所谓了。

千秋的技巧为谁所教,她的身子为谁所有,对我已不再重要。事实上,她是那样地热烈,那样地淫荡,这一切都是为我所为,望着扑在自己怀里的她,一种实实在在的感觉,使我更加精神抖擞,激奋不已。

现在想来,如果千秋对我第一个晚上的行为表示出失望或轻蔑的话,我也许就会对她失去兴趣,也许就会对自己失去信心。也许从那以后便唯唯诺诺失去男人的刚性。

有一个绝妙的比喻,如果要不用刀子杀死男人,只要找几个女人,不断地对那男人说他没有男人味,那么,那男人便是必死无疑的了。

男人的精神,表面上刚强孔武,可骨子里却十分软弱,十分容易受伤害。

回首往事,与千秋交往的六年间,我学到了男人在女人面前的自信,这是一种十分充实而丰富的人生阅历。

当然,那以前我也接触过一些女孩,但与千秋相比,他们只是一种性欲的伙伴而已。

而与千秋的交往,已经超出了性爱的范畴。一种人所具有的本能：贪婪、肉欲以及由此而引发出来的深刻、多彩、妖荡、性爱、恣意、华丽、恐惧、迷惘，这所有的一切，我都感受到了，刻骨铭心地体会到了！

可以说，那段时期，是我人生中生命火焰燃烧得最热烈的时候。

与千秋相爱后半年，我成了正式的医生。她住的地方离我的医院很近，可以让我经常住到她的家里去。那房子是千秋朋友的，她向他们借了两间房，她朋友夫妇也时常帮她照料她的女儿。

我去时总是要等到她下班，大约是在深夜，她女儿也早已进入了梦乡。我们俩总是在她女儿的身边相亲相爱，第二天一早醒来，时常是她女儿隔在我们中间，三个人形成个川字形地躺在一张床上。

碰到这样的情况，我难免会有些别扭，同时会产生出一种不安来，怕自己会卷入她的家庭中去而无法摆脱。

可是，不安毕竟是暂时的，更多的时候我是沉浸在千秋那柔情似水的爱河里的呢。

我们的爱，当然不仅是夜晚、清晨，甚至白天趁医院休息时，我都会跑到她家去，爱过之后再回医院上班。

千秋对这样的我，也是十分地理解并真心诚意地关爱着的。

不过老是在她家里，又是别人的房子，还有她女儿在，我总感到不能尽兴。

于是一年后，我又在别处租了间房子，作为我们俩约会的地方。在这里，我们可以自由自在地进进出出，热情奔放地相亲相爱，即使爱得天翻地覆也没有人来干涉。

然而，两人之间终于飘来了一片阴影，因为我已三十岁，父母催着我快些结婚。

不断有人拿照片来介绍对象，每次问我什么态度时，我总会想起千秋来。

潜意识中，要结婚，就要如千秋似的姑娘。

实在说，千秋并不是个美貌的姑娘，但她聪明、活泼、小巧苗条的身材，棕色的皮肤，灵活敏捷，十分讨人喜欢。

与她待在一起，不会感到寂寞，但把她作为妻子，却有着一些实际的问题。第一就是她有女儿，第二就是她在酒吧工作，夜生活的习惯已是根深蒂固。

这两点，我母亲当然反对，就是父亲也绝对不会同意的。当然，如果我不顾一切后果，也许可以与千秋结婚，但这样我便会失去自己的家庭。如此重大的决策，我是没有充分的心理准备的，所以难免会显得期期艾艾，踌躇不决。然而，千秋却察觉了我的心事：

"从一开始,就没打算要你和我结婚的,你与谁结婚,我都不会恨你的。"

她的话,应该说一半是真话,但另一半肯定是违心的。然而,我现在想想还感到十分对不住她;可结果我还是听信了她,开始渐渐地与她疏远了。

光阴似箭,长长的岁月流去了。

这期间,我离开了工作了十年的医院,去东京写起了小说。

时间与距离确实如一扇屏风,将我们隔了开来。这期间我与她虽说曾见过几次面,但再也没能回到以前的那种感觉里面去。

说老实话,我对她还是一往情深的,只是她好像总是对我保持一定的距离。

已经过去的事情,没有必要再重新想起,这也许是千秋的生活信念,但我与她毕竟有过那样刻骨铭心的爱呀,能完完全全地让它过去吗?

与我的态度相比,千秋是那么冷淡,我真不明白,她是故意以冷淡来使我死心?使不肯结婚的我冷静下来?这或许是她作为一个女人对我最后的一种爱?

岁月悠长,转眼我已五十多岁了。有一天,札幌医院的一位朋友给我来了一封信,信中说千秋患了肝癌,已是晚期,住在山手的医院里,信中还说她想见我一面。

一瞬间,我脑海里又映现出千秋纤细的身躯,耳边又响起了那娇喘吁吁的呼吸声,同时感到全身发热,心气高昂起来。

本来,我以为自己已经将她忘了,可现在才发觉没忘。记忆只是被锁在心灵的深处而已,她还是如一朵鲜艳的花,在我的心中生长着。

我再也抑制不住了,急急飞去札幌,直奔千秋的病房。

还是二月的天气,医院周围的群山都还被笼罩在白皑皑的雪里。病房里倒是温暖如春,阳光明媚,宽敞的病房的一角,千秋似乎比以前更加纤弱瘦小了,静静地躺着。

一刹那,躺在床上的千秋好像是另一个人似的,只有那鼻子周围小小的皱纹还是与以前一样,令人感到十分亲切。我一下子扑到床前。

"真想不到……"

我这么说着,千秋只是答了声"谢谢……",便哽住了。

从东京出来得匆忙,也没有带什么礼物,只是带了一包灵芝,据说对癌有疗效,于是便取出递给千秋,嘱咐她用水煎服。

早就不当医生了,且带去的药也明知无效,可还在劝她吃。自己当时也感到有些冒失,但她十分欢喜地接受了,并虔诚地叩念道:"一定煎了吃下去。"

接着我又向她讲了自己东京的一些情况,她也说女儿已大学毕业,现在已当了教师,自始至终我们都没说及她的病情,这其实更痛苦。

大约过了三十分钟吧,我便匆匆地向她告别了。她说要送送我,硬撑着身子送我到电梯口。分别时,还是如以前一样,那样亲切地微笑着,轻轻地摇着手。右手撑着腰,是用左手,张开着手掌,来来回回地轻轻晃动着。

一瞬间,我恍惚回到了以前,每次与她相爱后,从她家出来,她也是这么一模一样的动作,轻轻地摇着手与我告别。然而,电梯的门闭上了,千秋的笑靥被挤成一条线,随即悠然消失了。

千秋死了,离我去探望她才过了一个月。

听到这个消息时,我不由默默地点了点头,同时感到,我与千秋所度过的那些甜蜜的日子,已被密封了起来,深深地埋在了那天去探望她时看到的医院周围的那些积雪如被的山峰里了。

我无言地闭上了眼睛!

大学附属医院的地下研究室

想当年,有一段时期我是与兔子、小狗生活在一起的。

我这么说,也许会让人认为我是在动物园里工作的呢。其实,当时我还是在札幌医科大学附属医院里。国家的正式医师资格考试已经通过,成了一位正式的医生。但我却还是留在大学的研究生院,整天钻在地下研究室里,用兔子、小狗做着实验,收集资料撰写博士论文。

我的专业是临床整形外科,每天早上八时去住院部查房。然后看门诊,下午做手术或者各种仪器检查。所以真正到地下室,静下心来做实验研究,一般都要晚饭后才能开始。这样的研究一般都要到深夜才能结束,有时甚至通宵达旦。

当然,大学的附属医院既是医疗机构,同时又是研究机关。

有一部分医生是专门从事研究工作的,这一点普通人大概是不了解的。

我开始去地下室进行研究工作时是研究生二年级,一直到四年级,整整两年。年龄嘛,是二十六岁至二十八岁两年间。

这段时期,夜里是当然的了,就是白天,也是一有空便钻入地下室,做实验,写论文,忙得不亦乐乎。我的那段青春年华说是在地下室里度过的也不能算夸张。

这样说,想来我当时该是在做着什么了不起的大实验了。其实不然,整天只是给兔子、小狗喂喂饲料,观察观察它们的生活习性,或者干脆陪着它们同吃同睡,真正可谓与动物饲养员一般无二呢。

这研究室在地下,又年久失修。走廊的顶上到处交错着电线管道什么的,两边杂乱地堆放着纸箱、旧书以及损坏了的医疗器械。这走廊的尽头,更有一排玻璃橱,里面放满了一个个瓶子,瓶子里是用福尔马林药水浸泡着的人脑及各种脏器。另外,走廊的对面是胸外科的研究室,这研究室再朝里是仓库和资料室,平时少有人走动,而靠近我的研究室的前面是楼梯,楼梯的前面是解剖室和太平间。人一进到地下,便有一种阴森森的感觉,到了夜里打电话叫外卖送吃的,饭店的人也都不愿意来。

可是,我却感到这地下室是我唯一不受人打扰,可以安心做自己事情的地方。所以,我一进这洞穴似的地下室,心里便会有一种安全感。

在这地下室里,我主要做的是骨头移植的研究。具体地说,就是将兔子、小狗的各个部位的骨头搞折了,再在这骨折的部位上做各种各样的骨头移植实验。

拿兔子来说,先将它的后腿骨搞骨折了,然后在那骨折的部位绕上石膏。通常致使骨折的办法便是用东西猛击兔子的后腿,之后再上石膏。这样也许被认为是十分残忍,但我们都是给兔子上了麻醉药的。当然,结果是一样的,人为地将兔子弄成骨折,实在是件残忍的事,但为了医学实验,也只好请兔子朋友多多原谅了。

兔子骨折后,便在骨折的部位里注入 P^{22} 的渗透液,然后便仔细地观察骨折部位的各种病理变化。

在观察当中,我发现同样上了石膏的兔子,雄性的与雌性的反应却大不相同。

先来说雄性的兔子,当后腿上了石膏后,它会感到万分痛苦,拼命地用嘴撕扯腿上的石膏,想挣脱这石膏的桎梏。

可是,这种挣扎实在是徒劳的。

"兔兄弟呀,兔兄弟,我看你还是别太勉强了,还是趁早死了心，省些力气，多吃点东西吧。"

我心里这么可怜着这些兔子们，总是挑它们最喜欢吃的豆腐渣和胡萝卜喂它们，可它们往往理都不理我，还是我行我素地撕扯着石膏，一副死不罢休的气概。

与雄兔相比，雌兔子就要乖巧得多了。

当然，刚上石膏的半天里，它们也同样撕扯石膏，因为它们也不想没有行动的自由。

但是折腾了一段时间，它们知道自己是无能为力了，便会停止挣扎，慢慢心平气和了，便开始吃放在它们面前的豆腐渣与胡萝卜。

这种心情的转换真是太妙了，感到不行，马上停止挣扎，并且能够很快面对现实，适应新的环境，顽强地生活下去。

可雄性兔子却不然，一味地死不买账，扯不掉还是不停地扯，又不吃东西，渐渐地体力衰退，终于不能帮助人们完成实验。雌性兔子正相反，很快地认清形势，停止挣扎，食欲又很好，所以体力不但不会衰退，由于只吃不运动，大都是长得肥肥胖胖的。

这样一比较，要说哪一种兔子更对实验有用，那当然是雌性兔子喽。

这雌雄兔子的性格不同是做实验的人所必须了解的常识，同时也喻示着某种深奥的哲理。

譬如,从动物生命力适应环境变化的能力来看,雄性要比雌性差很多,说我们人类也是一样,男人的适应能力要比女人差好多呢。

那时在地下室做实验的,除了我,还有其他五六位医院的研究人员。

我主要是研究骨头,他们主要是研究肌肉,他们使用的实验动物主要是土拨鼠。

实验空暇的时候,我会去观察那些土拨鼠,这里我也发现一个有趣的现象。

首先,雄鼠与雌鼠关在一个笼子里,雄鼠总是会对雌鼠感兴趣,而去追逐它。

也许是发情期,但见到的总是雄鼠追雌鼠,可雌鼠总是拼命地逃避。

"开什么玩笑,让你这么简单得手吗?"

雌鼠老是这么戏谑似的逃避,而雄鼠又会加倍努力地追逐!为此,笼子也时常被它们闹得翻来滚去。

雌鼠逃遁的速度总是特别快,雄鼠总得追得精疲力竭,最后不得不死了心,停下来不停地喘气。那么这样笼子里应该安静片刻了吧?不对,这下雌鼠却又会主动地去接近雄鼠,甚至用屁股去挑逗雄鼠。于是,刚死了心、安静下来的雄鼠又一次被挑逗得兴奋起来,又开始追逐,雌鼠却又是拼命地逃遁。

既然要逃,为什么又要去挑逗、刺激人家呢?

看来这雌鼠真不是个好东西。

这么想着,看看人类社会,男人与女人的关系不是也很相似吗?那些女人总是打扮得花枝招展的,更有甚者还袒胸露肚,挑逗、刺激得男人不能自已。这些男人便拼命地去追求,然而她们却是逃得远远的了。

于是,男人只好死心,安下心来。这时,女人又会凑上去向他们卖弄风骚,待到男人又追上来了,她们照例又是逃开了。

雄兔、雌兔、雄鼠、雌鼠,还有男人、女人,这些大自然中的动物,虽说物种大相径庭,但性情却如此相近,实在是我在地下研究室里得到的一大收获。

用动物做实验,除了能得到以上的那些启示以外,还须注意不少的问题。

首先要关心动物的身体,为确保它们的体质良好,必须要喂给它们充分营养的食品。比如小狗,当时商店里还不像现在那样有现成的狗粮供应,所以平时在家便时时要找些剩鱼剩肉装进塑料食品袋带去研究室。这样久而久之,成了习惯,去餐馆吃饭也总是将剩下的菜肴带走,为此,我常常被人认为是小气鬼而遭人白眼。

又比如兔子,喜欢吃豆腐渣和胡萝卜,为此我必须时常早起去豆腐店和菜市场。还有兔子要吃青草,我又必须利用休假去郊外割草。而这一切所需的费用又都是自己掏腰包,虽说数目不大,但日积月累也是一笔可观的经费了,再说还要陪上不少时间和精力。

另外,最花精力的便是动物的试验注射,如果研究要求每隔两小时注射一次,那么整天就不能离开,尤其是夜里连睡觉都不得安宁。运气好的话,有几个人同时实验值班,那还能打打麻将消遣消遣,如碰到独自一人在值班室里,睡下怕睡过时间,不睡又困得难受,真是独对青灯,长夜无涯啊!

当时为了防止睡过时间,常常有意不小便睡下,依靠小便来将自己唤醒,这样一来,现在回想起来,我年轻时的梦,尽是些这里那里寻找厕所的梦。

也许是年轻时练就的本领,现在年纪大了,我还是能控制自己的睡眠时间,要几时起床,便能几时醒来。也就是说,想睡时能睡,想起时能起,这种野狗的习性,当然使我的作家生活得益匪浅。

被实验的动物的最后结局,大多情况下便是被杀死。

它们为了医学研究,受了那么多的痛苦,最后我们还要亲手杀死它们,在感情上难免会有些不忍,但不这样做,往往又不能得到最终的研究资料。

即使让它们活着,它们也还是得被当作别的实验品使用,还给保健所,结果还得被杀掉。

不过杀死这些动物的手段是大有讲究的。例如兔子一般都用很粗的针从前腿内侧对准心脏一下子刺入并注入空气。这方法听来十分残忍,但实在是最少痛苦,又不花钱的好办法。

初学这种办法,往往一开始心慈手软,一针打下去没到要害,兔子一下子死不了,活蹦乱跳地反而显得痛苦万状,渐渐地老练了,便能百发百中。这样实验圆满成功,兔子也少吃不少苦。

再说杀狗就更残忍了,一般都是用东西猛敲其后脑致死。不过我做实验的小狗,一般只骨头受些伤,所以都不将它们杀死。

记得有一只叫茜诺的小狗,很是配合地为我忍受了两次实验的痛苦,见到我总是摇头摆尾的,我实在不舍得杀了它,最终便将它抱回了家里。因为它对我的骨头移植实验做过贡献,所以给它重新起了个名字特拉斯[①],它在我家生活了五年。

还有那么多动物被杀掉后,肉如想食用还是可以吃的,但由

[①] 特拉斯(transformer)英文原意为变压器,这里表示小狗受了很多痛苦,仍然活泼可爱的意思。

于都注射过渗透液,所以一般都没人吃,倒是它们的毛皮会被人利用,我的椅子上就铺着一张漂亮的兔皮。

为自己的研究献出生命的兔子,还忍心剥下它的皮来垫在屁股底下,在外人看来这也许太不仗义了,可在我的心里,却是抱着一种别样的感情的,这便是每看到椅子上的皮毛,便会产生一种对兔子感激的心情。

总而言之,实验结束了,我总是诚心诚意为这些献身的小动物祭奠一番的,因为我的博士帽,应该说是用这些小动物的生命换来的。

遗憾的是,现在那间我与那些小动物一起住过的地下研究室,以及小动物住过的房间都已不存在了。

十几年以前,医院改造成了现代化的大厦,那陈旧了的、肮脏不堪的房间都被拆除了。

古人云:"壮士心系……"不,在这里我要说"动物心系昔日战场!"可现在这里使人魂牵梦绕的地方已不再留有任何能够使人凭吊的痕迹了。

同时又想到现在,在那些大学医院的实验室里,又有多少小狗、小兔、土拨鼠在遭受着相同的命运啊!

每想到此,便会感到一种悲哀,同时又为人类这种动物的蛮横、无情而深表遗憾。

然而，又不能说，为了这些动物而中止人类的各种研究、实验。

于是，我在悲哀的同时，只能做一件事，仅仅是一件事，就是默默地为这些小动物们祈祷。

白衣之恋

男人和女人,有时真的十分简单,一个偶然的契机便会相处得如漆似胶。

譬如同单位工作的男上司与女部下,公司经理与女秘书,导演与女演员,医生与护士,这些都是典型的容易发生风流韵事的关系。

这么说来,我与智子应该是最后那一种,医生与护士的类型了。

我们俩相识时候,我二十七岁,她比我小四岁,二十三岁。

当时我在札幌医学院附属医院任整形外科当医生,她从医学院附属护士专科学校毕业,已取得正式护士资格证书,原来在内科,后来调到了我所在的整形外科当护士。

同时调来的有三位护士,包括原来整形外科的护士在内,智子的美丽与开朗是出类拔萃的。

不知是好事还是坏事,不,应该说肯定是好事,她竟被派到了我所在的小组,与我一起负责十多位男女病人的医护工作。

智子性格开朗,反应也十分敏捷,工作起来真是一把好手。这样优秀的姑娘,理所当然地引起了我的好感。半年以后,我俩的关系便很深很深了。

这也许可以说是水到渠成吧。五个病房,十多位病人,我们俩每天在一起巡诊、查房、与患者谈心,自然而然地,我们俩的关系也就十分密切起来了。

自从与智子相爱后,我每次去病房的护士中心,心里就抑制不住地兴奋。

每天一早,我到她那里,她便已将查房的一切工作都准备好了。"开始吧?"我轻快地向她征询,她总是爽快地点着头,推起药品车子和我一起朝病房走去。于是,我们一起按间查房,给病人换纱布,听病人说症状,同时对于我作出的新的处理决定,她也都是领会执行得十分周到准确。

现在说来,对那时的病人也许不够礼貌。当时,我人在查病房,心里总觉得是在与智子约会,一起从这间病房走到那间病房,肩并肩地讨论着晚上去什么地方游玩。更有甚者,我会在处方上写道:"今晚七时,智暮里见。"塞在她的手里,然后两人心照不宣地相互微笑。

当然,我俩的亲热,不仅其他的护士,就是那些老病人也是心领神会的。

终于我俩的关系在医院里传得沸沸扬扬,连那些埋头钻研医术的男医生也都知道了。当然,我俩也并不否认,更没有什么感到必须隐瞒的。

因为我俩相互喜欢本来就是事实,被人知道也不是什么不可见人的事,又没有法律规定医生与护士不能恋爱,倒是相爱的人在一起工作,反而会将工作做得更好。工作做好了,病人也是受益匪浅的。事实上,病人们对我们的关系报以赞许之微笑的也为数不少呢。

当然,也有些人对我们抱有成见,甚至敌意,存心诽谤,和我们过不去的也有。

譬如,有位 A 护士,当智子休息她当班时,我招呼她:"去查房吧。"她便会酸溜溜地反诘道:"和我去不要紧吧?"还有碰上给病人检查,动作不规范,我说她几句,她便一脸的不屑道:"我没智子小姐灵活,对不起啦。"

看着我时不时地让人抢白,陷入尴尬的境地,有一天夜里,医疗局长与我一起喝酒,趁着酒意便提醒我道:"我说你呀,在护士中心那么块巴掌大的地方,要么置身度外,要么一碗水端平。"

不愧为医疗局长,经验丰富,说得十分在理。可是我怎么能做到与全体护士都亲密无间呢?

我是医生尚且如此,智子作为护士整天和她们一起,那处境更是可想而知了。然而我问她,她也总是十分开朗地摇着头说没什么的。

本来北海道的女性就是以性格开朗、干脆、没有扭扭捏捏脂粉气而闻名的,智子更是其中典型的一位吧。

总而言之,对我来说,两人能够相爱,才是最重要的。为了爱,受人抢白、嘲讽都无所谓,或者说反而更能激起我去追求爱的决心!

当时我与在札幌的父母一起住,智子住在医院的护士宿舍里。后来工作了三年,她决定搬出护士宿舍了。宿舍房钱确实很便宜,但却是两个人一个房间,晚上又不能回去太晚,所以一般工作时间久了的护士,都喜欢搬出去独立居住。

找了好些个地方,最后智子租下医院附近的一间下宿屋①,但遗憾的是,这下宿屋是女性专用的,不允许男人越雷池一步。

---

① 下宿屋,日本特有的一种公寓,除了住宿还供应饭食。

所以，虽说智子单独住了，但我们平时的相爱场所也还得去情人旅馆。不过我们有时也会感情用事，记得有一次，我俩从旅馆出来，还是难舍难分，我便不顾三七二十一地趁着夜深人静，钻入了智子的房间，在那里过了一夜。

也许第二天我休息，所以睡得很放心，一觉醒来已是日上三竿，公寓的管理人员都已起床，更糟糕的是智子偏偏那天值班，只好给我准备了一些食品便去医院了。

一个人关在房间里，不敢发出一点的声响，只好捂着被子闷头睡觉，可是身体不争气，不一会儿便感到小便憋得难受极了。偏偏那木头造的房间里又没有厕所，要方便必须出门去走廊尽头的公用厕所，这样肯定会被管理人员发现的。

不得已，我只好在脸盆里铺上一块抹布，凑在盆上撒了一泡尿，然后再将脸盆端到灶台的水斗里小心翼翼地冲掉。

这样闷坐了好几个小时，当傍晚来临，智子终于抱着一大包食品回来时，我那兴奋的心情真是无法形容，一下子扑上去将她抱得紧紧的，亲个没完。

这种小小的插曲，却可以看到我们的恋爱是何等甜蜜，然而从那以后过了半年，智子突然被派去小儿科当护士了。算来她到整形外科才两年，这样的调动实在有些异常，我们猜想一定是老瞧着我们不顺眼的护士长从中作梗。

同时调来的有三位护士,包括原来整形外科的护士在内,智子的美丽与开朗是出类拔萃的。

不知是好事还是坏事,不,应该说肯定是好事,她竟被派到了我所在的小组,与我一起负责十多位男女病人的医护工作。

智子性格开朗,反应也十分敏捷,工作起来真是一把好手。这样优秀的姑娘,理所当然地引起了我的好感。半年以后,我俩的关系便很深很深了。

这也许可以说是水到渠成吧。五个病房,十多位病人,我们俩每天在一起巡诊、查房、与患者谈心,自然而然地,我们俩的关系也就十分密切起来了。

自从与智子相爱后,我每次去病房的护士中心,心里就抑制不住地兴奋。

每天一早,我到她那里,她便已将查房的一切工作都准备好了。"开始吧?"我轻快地向她征询,她总是爽快地点着头,推起药品车子和我一起朝病房走去。于是,我们一起按间查房,给病人换纱布,听病人说症状,同时对于我作出的新的处理决定,她也都是领会执行得十分周到准确。

现在说来,对那时的病人也许不够礼貌。当时,我人在查病房,心里总觉得是在与智子约会,一起从这间病房走到那间病房,肩并肩地讨论着晚上去什么地方游玩。更有甚者,我会在处方上写道:"今晚七时,智暮里见。"塞在她的手里,然后两人心照不宣地相互微笑。

当然,我俩的亲热,不仅其他的护士,就是那些老病人也是心领神会的。

终于我俩的关系在医院里传得沸沸扬扬,连那些埋头钻研医术的男医生也都知道了。当然,我俩也并不否认,更没有什么感到必须隐瞒的。

因为我俩相互喜欢本来就是事实,被人知道也不是什么不可见人的事,又没有法律规定医生与护士不能恋爱,倒是相爱的人在一起工作,反而会将工作做得更好。工作做好了,病人也是受益匪浅的。事实上,病人们对我们的关系报以赞许之微笑的也为数不少呢。

当然,也有些人对我们抱有成见,甚至敌意,存心诽谤,和我们过不去的也有。

譬如,有位A护士,当智子休息她当班时,我招呼她:"去查房吧。"她便会酸溜溜地反诘道:"和我去不要紧吧?"还有碰上给病人检查,动作不规范,我说她几句,她便一脸的不屑道:"我没智子小姐灵活,对不起啦。"

看着我时不时地让人抢白,陷入尴尬的境地,有一天夜里,医疗局长与我一起喝酒,趁着酒意便提醒我道:"我说你呀,在护士中心那么块巴掌大的地方,要么置身度外,要么一碗水端平。"

不愧为医疗局长,经验丰富,说得十分在理。可是我怎么能做到与全体护士都亲密无间呢?

我是医生尚且如此,智子作为护士整天和她们一起,那处境更是可想而知了。然而我问她,她也总是十分开朗地摇着头说没什么的。

本来北海道的女性就是以性格开朗、干脆,没有扭扭捏捏脂粉气而闻名的,智子更是其中典型的一位吧。

总而言之,对我来说,两人能够相爱,才是最重要的。为了爱,受人抢白、嘲讽都无所谓,或者说反而更能激起我去追求爱的决心!

当时我与在札幌的父母一起住,智子住在医院的护士宿舍里。后来工作了三年,她决定搬出护士宿舍了。宿舍房钱确实很便宜,但却是两个人一个房间,晚上又不能回去太晚,所以一般工作时间久了的护士,都喜欢搬出去独立居住。

找了好些个地方,最后智子租下医院附近的一间下宿屋[①],但遗憾的是,这下宿屋是女性专用的,不允许男人越雷池一步。

---

① 下宿屋,日本特有的一种公寓,除了住宿还供应饭食。

所以，虽说智子单独住了，但我们平时的相爱场所也还得去情人旅馆。不过我们有时也会感情用事，记得有一次，我俩从旅馆出来，还是难舍难分，我便不顾三七二十一地趁着夜深人静，钻入了智子的房间，在那里过了一夜。

也许第二天我休息，所以睡得很放心，一觉醒来已是日上三竿，公寓的管理人员都已起床，更糟糕的是智子偏偏那天值班，只好给我准备了一些食品便去医院了。

一个人关在房间里，不敢发出一点的声响，只好捂着被子闷头睡觉，可是身体不争气，不一会儿便感到小便憋得难受极了。偏偏那木头造的房间里又没有厕所，要方便必须出门去走廊尽头的公用厕所，这样肯定会被管理人员发现的。

不得已，我只好在脸盆里铺上一块抹布，凑在盆上撒了一泡尿，然后再将脸盆端到灶台的水斗里小心翼翼地冲掉。

这样闷坐了好几个小时，当傍晚来临，智子终于抱着一大包食品回来时，我那兴奋的心情真是无法形容，一下子扑上去将她抱得紧紧的，亲个没完。

这种小小的插曲，却可以看到我们的恋爱是何等甜蜜，然而从那以后过了半年，智子突然被派去小儿科当护士了。算来她到整形外科才两年，这样的调动实在有些异常，我们猜想一定是老瞧着我们不顺眼的护士长从中作梗。

但是,尽管我表示出了不满,但护士的人事调动权是在护士长手里,我作为医生是无能为力的。

结果,智子还是被迫去了小儿科。我们只好靠偷偷地打电话联络,或者在通往小儿科的楼梯边匆匆地见上一面,约好幽会的时间、地点。

可是在一家医院里,再怎么偷偷摸摸也还是不能避人耳目。对此,我们只好抱无所谓的"你们要说,就任你们去说"的态度了。

在我当时来说,之所以敢抱这种无所谓的态度,一是老偷偷摸摸太麻烦;二是我的主任教授自己是再婚,他的夫人便是以前的护士长,所以对医生与护士恋爱持宽容理解的态度。最重要的是,我已有了正式医师的证书,智子也有正式护士证书,万一此地不留人,自有留人处!

我们的恋爱自己感觉应是一帆风顺,他人看来也是甜甜蜜蜜,值得羡慕的一对。然而,如此美满的恋爱,不知不觉也会产生裂缝。

这原因之一便是智子怀孕了。

当她将此消息告诉我时,我一下子从理想的云彩里跌回了现实的困惑之中。

"去医院打掉吧。"

这是我的心里话,我对智子说了,可她却不愿意,想将孩子生下来。

"我自己是护士,怎么能将一个生命……"

作为护士对生命十分珍惜的她,当然不肯将一个幼小的生命扼杀,这心情我也能理解。但此时此刻将孩子生下来,也实在是一件麻烦的事情。

我虽说已是医生,但还在读研究生,没有固定的正式收入。起码在取得学位之前不想有家庭的累赘。同时我认为,自己与她做爱时总是问她是否要紧,总是选在她无碍的日子里做爱。虽说没有百分之一百的保险,但心理上是毫无准备的。现在突如其来地知道这消息,当然不能说她有什么企图,但总觉得她是存心计算好了的。

于是,我们之间便产生了摩擦,结果到四个月时,她才勉强去做了堕胎的手术。当时我一直陪着她,担心她的身体状况,不料手术后她第一句话便是唠唠叨叨地抱怨:

"这堕下的胎儿,我让人送去你家了。"

我一下子脑袋胀了起来,她接着又冷冷地扔来一句话:

"医生给我看了,那是个男孩,长得与你一模一样……"打下的胎儿,医生是绝对不会让她看的,我心里这么想着,但是只感到背上一阵阵发冷。

后来，我以这件事情写成了短篇小说《透明的结晶》。但当时，我心里真正是七上八下乱极了。

结果胎儿当然没有送到我家去，那全是智子编的吓唬我的话。可我却从此对她有了一个新的认识，知道她还有如此不近情理的一面。

也许她是对我含含糊糊不肯明确与她结婚的惩罚，也许她是纯粹开开玩笑，但是我却着实让她吓得心里发虚。从此便感到智子这女人不是个简单的角色，对她有些敬而远之了。

接着又发生了一件令人困惑的事情。

医院每年秋天，为了祝贺我的主任教授的生日，全体医生护士都要聚一聚，通常是外出去旅游。这一年的秋天是去大雪山附近的温泉胜地，白金温泉。

在温泉旅馆的大宴会厅里，举行了热闹的宴会，临结束时，教授夫人悄声对我说：

"请到我房间里来一下。"

突如其来的约谈，不知什么要事，大伙儿还都在宴会厅里，准备再去旅馆内的酒吧喝上一会儿。我只好一个人怏怏地离开到教授的房间里去。教授夫人已在和式的房间里等着我了，房间里面的榻榻米上也已铺好了被褥。我突然感到夫人将会对我说什么了，心里不禁忐忑起来。也许是看穿了我的心思，夫人开门见山地切入正题。

"你现在,在与智子小姐谈朋友吧?"

由于问得突然,我一下子不知怎样回答。接着,夫人不容我诉说又说出了更令我吃惊的话来。

教授夫人说,智子在半个月前去找过她了,向她和盘托出了我们的关系,当然怀孕、堕胎的事也说了,并要我对她负责到底,请教授夫人出面说项要我与她正式结婚。

一点心理准备也没有,我一下子慌了手脚,想想教授夫人原来是医院的护士长,智子感到与她有亲近感,找她去商量,这心理不是不能理解的。但她将我们的一切都说给教授夫人听,那么教授不是也全都知道了?这对我不能不说是一个极大的不利。

"你打算怎么办呢?"

在夫人的追问下,我只有一个劲儿地说:

"让我想想,让我想想。"

"既然已到了这地步,不应该模棱两可了,结婚还是怎么办,该清楚地拿个主意了。"

夫人讲得一点也不错,我心里也感到不能再含糊下去了,一面想着一面不住地点着头,退出了房间。

这以后又发生了不少事情,但最后我与智子还是分手了。

后来我才知道,她曾直接去找我父亲,将与我的一切都告诉了他老人家。我父亲当时以"不是当事者"为由避免了直接干涉我们的关系,但对她暗下了许诺,如我不与她结婚,将给她相应的赔偿。

同时,她又在护士里面到处说我的坏话,以致我在医院里成了个玩弄纯情护士的下流坏子。

她的这些所作所为,也许是想促使我与她结婚,不,也许是她爱我的证明。然而,这爱实在是太厉害,太激烈,把对方逼得都喘不过气来,甚至不得不逃之夭夭了。如果她能冷静一些,稳妥一些,也许结局不会如此。她的过激行为是将我们爱情最终葬送的根本原因。

智子和我的这段恋爱故事也许是一个不幸的典型例子吧。

从她怀孕,以后便是一连串的过激行为,她那翻手为云覆手为雨的所作所为,使我对她的美好印象渐渐地消失了,渐渐地产生了一种厌烦的心情。

"早知今日,何必当初呢。"

我愤愤地向她责问道。

"我不这么做,你会与我结婚吗?"

面对智子的反问,我一点自信也没有,我脑子里确实曾描绘过与她结婚的种种美好情景,但到最后还是有些犹豫不决。

在这期间,智子的一切所作所为使我渐渐地认识到,与她恋爱也许十分美满,但与她组成家庭,将她作为自己的妻子长期在一起生活,也许并不十分妥当。所以,一想到要与她结婚,一种不安迷惘就会袭上心来。

"我是真心爱你,但是……"

我期期艾艾地吐露着自己的想法,然而她的回答却十分地干脆、泼辣:

"像你这种阴阳怪气的男人,我打心眼儿里讨厌!"

青春,有着光辉灿烂的美好,也有残酷无情的悲伤。

终于,我与智子没能在一起,我们分手了。三年后,我与别的女人结婚了。看我结了婚,她便悄然离开札幌,去了东京,后来与一位医生结婚了。这也只是我听说来的,现在她在这世界上的什么地方,过着什么样的生活,我是不得而知了。

可是有一点我还是要说的,当时我们两人如果不要太逞强,哪一方再稍微温和谦让一下,我们很有可能结为夫妻的。

事隔三十年,我还是要衷心向她道歉,如果现在我们还都是独身,我会相信她的爱,我会原谅她所有的一切。

可是三十年前,我还没有如此的包容心,只想着从现实的烦恼中尽快逃遁,只想着尽快使自己受伤的心灵痊愈,于是便做出了好些失去理智的事情来。

青春,往往精力太旺盛,处理事情难免过火,往往将一些好的事情都破坏了,将一些纯洁的感情都刺伤了,当然所有的伤害最大的还是自己。

智子与我的爱,便是这种令人不堪回首、痛苦而悔恨的爱。

只有一点是令我破碎的心可以得到安慰的,就是每次我伫立在从前工作过的医院门前,我脑海里浮现的便是智子那美丽的倩影。

她也许可以说是忘了,可我的眼睛里,时时地还是闪现着,推着药品车,对我调皮、多情地微笑着的智子那表情丰富的笑靥。

昭和四十四年·银座

昭和四十四年（1969年）二月，三十五岁的我来到东京，在庶民街两国地区的石原住下，和我同住的还有一位女性。

这女性的名字叫裕子。

她与我一样也是札幌人，以前在薄野的一家西餐俱乐部工作，是跟着我从札幌来到东京的。

不用说，我与她的关系非同寻常，但她来东京却是有着她自己的理由的。

来东京之前我在札幌医科大学附属医院工作，因为对日本首例心脏移植手术持有不同意见而在医院里弄得四面楚歌，于是便萌发当专业作家的念头，一人来到东京。

另一方面，裕子在札幌时，受了一个男人的委托，帮他经营一家西餐俱乐部,后来与那男人关系搞僵了,才将心一横到东京来闯世界。

可以说,我们两人到东京来的理由虽然不同,但出发点是一致的。另外,来到东京后心底里都有着一种对大都会的陌生感,以及由此引发的种种不安与期待,这样的心理也是相同的。

来到东京,决定住在庶民街里,是因为我打临时工的医院离那里很近的缘故。

立志当专业作家,但靠写文章能否维持生活,我心里实在没有把握,于是便在一家医院找了个每周三天的临时工,并在那医院的后面找了一套房子,暂且作为安身之地。那套房子由一间寝室,一间餐室组成,我们在餐室里放入裕子搬来的沙发,寝室里放入我的写字台,再有裕子的衣橱和梳妆台,这样已经显得十分拥挤了。

就是在这样的环境里,不去医院打工的时候,我便伏在桌子前写小说,裕子则是每天去银座的夜总会当陪酒的小姐。

在外人看来,我们便是一个穷困潦倒的作家与一个酒吧小姐的同居家庭。这如果编小说,一定会有不少的浪漫故事,可现实的我们却并不是那么轻松快活的。

在札幌时,我的医生工作太忙,无法安下心来写小说。只要有时间一定能写出好的小说来,我自己总是这么认为的。可到了东京,有了充裕的时间,人是坐到了写字台前,可就是写不出东西来。

这又是什么原因呢?自己今后立志要当专业作家,不容许自己再马马虎虎地混日子了。也许正是这种使命感无形地给自己增加了压力,使得自己的脑子十分紧张,就像肩荷着重担的路人一样,一刻也不能安下心来。

早上醒来,想着写小说,感到还早又钻进被窝,磨磨蹭蹭地消磨着时光,到晌午时起床,想着赶快写一些吧,可抑制不住看看电视,翻翻杂志,不知不觉夕阳西下,于是便去烤鸡店或者什么小酒店,喝上几杯,醉意朦胧。本来打算吃了晚饭,夜里写文章的,可在酒香的诱惑之下,又身不由己了,于是便只得自己安慰自己,明天再写吧。这样一天天地混着,光阴却是无情地流淌着,从三月底到东京,转眼春去夏来,心里十分焦急,可就是安不下心写不出一点像样的东西来。

与此相反,裕子在东京倒是踏踏实实地扎下根来了。

本来裕子就是有着一张美丽的瓜子脸的风情女子,在札幌西餐俱乐部时迎来送往也都习惯了,所以虽说去银座夜总会是初次工作,但很快地便得心应手了。

银座的夜总会,小姐都要靠自己的客人吃饭的,为了增加收入,必须想方设法地吸引自己的固定客人。有时在同一个夜总会里,去拉别的小姐的客人不好意思,于是自己便换一家夜总会,再将以前店里自己的、别人的客人都拉过来,以此来增加自己的收入。

到夏天结束时,裕子已经换了两家夜总会了,银座的环境她也已十分地适应了,客人多了,生意自然也兴旺起来了。

收入增多了,生活当然也就阔气起来。平时她主要穿和服,有时穿西服也大多是名牌,花钱也十分大手大脚。

刚来东京时,我们总是去一些便宜的小饭店吃饭,渐渐地,我们开始涉足那些高级的寿司店和餐馆,而这费用也都是由裕子支付的。

另一方面,我还是老样子,整天为写不出像样的东西而焦躁不安。

虽说我总是自我安慰,写小说与银座的小姐是不能同日而语的,可看着裕子的成功,到底还是有点心气难平。

以前,我决定辞去医生工作,到东京专业写小说,母亲曾哭着央求我:"求你,别去干那卖笑的事情。"不仅仅是母亲,还有亲戚朋友也都劝说过我。感到在医院里待不下去了,便意气用事去东京,大家都觉得我太冲动,应该慎重地三思才是。

然而,更使我受刺激的是,在聚会上碰到以前的同事时,看到他们来东京后或多或少都取得了相当的成绩,可我却一事无成,整天涂不出一点像样的东西来。这样一比较,我的焦躁情绪就更加严重了。

那时,我没事可干,时常去裕子的店里,见她忙时便在角落找个对着吧台的座位,独自喝闷酒,等着裕子深夜下班。

那时我还没有朋友,也不认识出版界的人士,每天都是独来独往,心里别提有多么孤寂了。本来夜总会该是三五知己友人一起去才显得热闹有趣,可我总是孤单一个人,闷闷地坐在角落里,现在想想,肯定有人认为我是裕子养着的小白脸。

裕子在她的老板娘和同事面前,总是介绍我说是"未来的作家",但这未来真不知还有多遥远啊。

以前曾想过做一个自己喜欢的女人养着的小男人,可现在我自己的处境也确实离此差不多,心情却一点也不似想象的那么舒畅,只有在醉意朦胧中,有时也真愿意这么靠着一位女人供养着,庸庸碌碌地了此一生。

这么自暴自弃地煎熬着过日子。有一天深夜,我已睡下,裕子带着酒意回来,在我的耳边叨念:

"起来,起来,带来了好吃的寿司呢。"

那晚我照例是写不出什么东西,糊里糊涂地睡着了,现在被裕子叫醒,睡眼惺忪的,面前摇晃着银座有名寿司店的纸盒。

"那傻瓜,听我说与妹妹住在一起,便买了这么一大盒的寿司……"

裕子说的"那傻瓜"便是指一家公司的干部,是她忠实的好顾客。

夜深人静,我品尝着那盒高级寿司,心里却甜酸苦辣不是滋味。这样完完全全的小白脸生活,使我的心更加不安。

这样的生活持续到秋天,我又结识了一位姑娘。

也许与裕子同居着,又受着她的供养,却去交别的朋友,是对裕子的一种背叛,这一点我也不分辩,也承认自己不对,但我与那姑娘交往也是实在有我的理由。

当时,裕子已成了店里数一数二的大明星,每晚总是酩酊地归来,早上又起得很迟,睡到过了晌午才起来,马上又忙着检点整理客人的发票①,接着又是匆匆忙忙地化妆,然后便又得上班去了。

虽说店里规定,有客人约请晚餐的话,八时半到店也无妨,但自己要去美容院,再去陪客人晚餐,所以从家出去最晚也不得超过傍晚五时。裕子每天这么忙忙碌碌的,两人之间谈话的时间自然少了,心理上也开始产生了距离。同时,裕子又吵着要搬去青山或麻布一带的高级住宅区,与我坚持要在这庶民街住下

---

① 这里的发票专指酒吧夜总会客人事先预约的堂票。

去的想法产生了矛盾。

有了钱,裕子变心了,或者是她在外有了新的男朋友了?

我心里这么猜测着,仔细地观察裕子,倒没发觉她有什么新的男人,只是她的生活越来越奢侈了。

可是对一无所成的我来说,裕子的所为就像是对我无能的一种蔑视,一种卖弄。

说是一种对裕子的报复,也不太确切,但裕子的态度,确实使我产生了反感,自然而然地朝亮子接近了。

亮子是我隔壁医院的工作人员,并不十分美丽,但给人一种老实、聪明的感觉。简单说来,她所具有的,正是裕子所缺少的,所以我很快便被她吸引了。

起先,我与亮子只是在外面的路上,偶尔碰上打个招呼什么的,后来我大着胆子邀她进屋坐坐。反正裕子每晚不到深夜一点是不会到家的,在这之前在房里干什么都无人知晓。于是,我与亮子的关系便突飞猛进了。

然而,爱情是捂不住、瞒不掉的。亮子留下的一根细头发,毛巾上不经意留下一些口红,这都是防不胜防的事情。所以,我与亮子好上以后,才半个月便被裕子察觉了。有一天下午,裕子突然大叫:

"什么呀,这东西!"

然后将一个还留着几缕青丝的发夹扔到了我的面前,我赶紧慌慌张张、前言不搭后语地解释、分辩。可是一个月后,当裕子再一次在浴室里看到一个女人的戒指时,再也忍耐不住了。

只过了两天,傍晚时分,我从医院打工回来,发现屋里已是空空如也,所有的家具都不翼而飞了。

"糟啦!"

我脑袋一下轰地响了起来,可一切都已晚了。

裕子是真的恼怒了,趁着我不在家,便拿着自己的东西远走高飞了。

我一下子缓不过神儿来,怔怔地站着,望着空空的房间,好一会儿才有些生气的感觉。

"什么东西,何必这么绝呢!"

嘴里这么嘟哝着,突然想到亮子为什么会将戒指忘在浴室里,不,应该说为什么要将戒指从手上脱下来?于是心里便又疑神疑鬼起来。

也许亮子是存心的。我突然感到看上去很老实的亮子,其实是很狡猾的。可怜的我,本来如意算盘想着游戏两位姑娘的,到此才感到,不是自己游戏别人,而是别人将自己彻彻底底地耍了个够。

裕子走了,我才真正感到自己少不了裕子,才真正地感到自己是多么需要她,喜欢她。然而一切都完了,只有自己的心灵,整天地受着恋慕裕子的煎熬。

裕子去了哪里呢?忍不住要去找她,可她走时没留下只言片语,这么大的东京上哪里找呢!

不管怎么说,先去裕子的店里找一下再说,这么打定了主意,夜里九时便朝裕子店里打电话,可对方回答却是"今天裕子休息"。

也许裕子搬了新家,有了新的男人一起生活,这样一想,浑身的血又一下子朝头上涌去,再也定不下神儿写东西了。

第二天夜里又朝她店里打电话,还是休息,直到第三天才找到,电话里刚怒气冲冲地对她吼了一声"你跑到哪里去啦",不料裕子咔嚓一声将电话挂了。情绪更加冲动起来,不顾一切地赶到她的店里,坐在平时的吧台边,可裕子对我正眼也不望一望,只顾着招待她的客人。

我就坐着不走,我心里发着犟劲儿,一个人闷闷地不断喝威士忌,看到裕子对我冷淡,吧台里的调酒师也一反常态地对我吹胡子瞪眼的。

好容易到了店关门,看着裕子出店门,我急急地追了上去,她便对我叫着:"滚呀!"

我当然不会滚开,紧跟着裕子不放,她见我紧追不舍,便突然坐进了一辆出租车,我也想跟着坐进去,可她一下将车门关上,我来不及躲闪,一下头撞在了门上。"啊呀哇!"我不由痛得叫了起来,裕子不由怔了一下,对着我幽幽地叹道:"神经病……"

确实,我自己也感到有点神经病,但到了这等地步,我是不甘心让裕子走的。结果那天夜里,我死皮赖脸地缠着裕子一起去了她的新家——青山神宫附近一所公寓,不过最终裕子还是不肯让我进她的家门。

过了三天,又想着要见裕子,深夜两点赶去她的住所,按了好几下门铃没人应答。想到她可能在屋里与其他男人同枕共眠,心里便烦躁起来,压不住的冲动便将门边的窗玻璃敲碎钻了进去,但却是隔壁人家的浴室,于是引起一场不小的骚动,最后带着手上被玻璃划伤的疼痛,狼狈地逃了回去。

发生了这场骚动以后,裕子便很不好意思再在那儿住下去了,一个月后她又搬去了大森,没过多久又搬去了九段。

这期间,我无数次地恳求裕子原谅我,两人的关系总算恢复了原状,但裕子却说什么也不肯与我同住了。

过了年的第二个月,她搬到了九段,这是她至今为止住过的最高级的公寓。当她将房门钥匙交给我时,特别叮咛道:

"来的时候,一定先打电话呀!"

那天是星期天,我本打算在家写些什么的,可突然抑不住想见见裕子,晌午一过便径直去了九段。到了门口,照例掏钥匙开门,正想进去,却发现门里面上着锁链,一下打不开。

"喂……"

我朝里叫着,裕子突然从门缝里露出脸来,一脸惶恐地对我叫道:

"现在不能进来。"

我感到不解,朝里望去,才发现门口有一双男人的皮鞋。

一下子脑门儿又冲上了血来,我冲到马路上叫了辆出租车赶到一家五金店,买了一把铁锯子。如此的冲动,自己当时也无法控制,拿着锯子再回到裕子门前,发狂地用锯子锯起那门上的锁链来。

我的犟脾气,裕子是十分了解的,急得她脸色发青,拼命地央求道:

"住手呀!"

在她的身后,一个五十岁左右的男人倒显得格外镇静,恶狠狠地威胁我道:

"喊警察啦!"

"这家伙,就是裕子的鸟男人啊!"

心里憋着一股气,拼命地锯着锁链。锯到一半,便听到外面

"嘟、嘟"的警笛声,警察赶了过来。

正确地说,我是犯了损坏器物罪,但由于裕子不对我起诉,我便被教训了一通,当场释放了。可我心里还是忿忿不平。

"年纪轻轻,少干这种傻事呀!"

对于警察的忠告,我不买账地嚷道:

"我是渡边淳一,是作家。"

可是谁也没有一点的反应。

"你给我记住啦……"

我对着屋里的裕子吼叫着,悻悻地离去。可是冬天暮色蔼蔼的夕阳里,我那虚张声势的身影,却显得无限寂寥。

这以后,裕子虽说还是与我保持着关系,但再也没有一起同居过。我是对她钟情依旧,她也对我不显得讨厌,但作为同居的男友,我是彻彻底底地名落孙山了。

当然,我的那些胡作非为也实在是对她真心实意的爱情所致呢。

回首往事,我与她应该是战友的关系。都是年轻人,同是天涯沦落人,从某种程度上说,我有了她才使自己不甘落后,拼命奋斗,她也因为有了我的任性、莽撞才找到了正确的生活道路。

现在一切都平静了,我要真心地向裕子低下头,向她说上一句心里话:

"在我最无知、最狂妄的时候,你给了我无私的爱,我从心里表示感谢。"

漫步在银座的街头,每当看见那些打扮得花枝招展的酒吧小姐,我便会情不自禁地思索:

"她们的生活里,有着怎样的一个男人,有着怎样的喜乐哀愁啊……"

消失了的城市——雄别

曾经拥有一万二千多人口,有小学、中学,还有医院,火车站前还有热闹的商店街。整个城区曾经充满了生气。春秋季时的运动会,大人小孩的欢呼声曾响彻群山僻野,人们的笑颜曾遍布大街小巷。

这样一座生气勃勃的城镇,却忽然消失了。

这消失并不是因为修大型水库而沉到水底,也不是因为风暴狂沙的侵蚀而埋入沙里,而是确确实实地从地面上渐渐地消失的。

这城市的名字叫雄别,正确的位置是在北海道阿寒郡阿寒镇字舌辛的北面。

这座城市的历史可以追溯到明治二十九年（1896年），当时这一带蕴藏着丰富的煤炭资源，矿产业已初具规模。到了大正二年（1913年），钏路与雄别已架设了四十四公里的铁路，采矿事业已是十分兴旺了。

最初这里的矿业都属于三菱矿业公司，二战后，财团解体，这里便从三菱分离出去，成立了独立的雄别炭矿株式会社。

这里的煤田，在地质上是属于钏路煤田的一个组成部分，但这里的煤质十分优良，所以开采十分兴旺，最盛时期，每年要产七十万吨的煤炭，矿工人数也超过二千名，总人口超过一万，曾是个颇具规模的城市呢。

这城市从世界上消失，最大的原因便是煤炭业的萧条，矿产公司大批倒闭。

我第一次去那城市是昭和三十四年（1959年）的夏天，当时虽然煤炭工业已不十分景气，但整个城市还是充满生气。

记得我是乘晚上九时的"球藻"号火车从札幌出发，在卧铺车里过了一夜，第二天清晨到了钏路。在钏路用了些早点，又乘了一个小时左右的雄别线列车，八时多才到达雄别。

这样算来，从札幌到雄别总共要花十二个小时的时间。

算上这第一次，加上以后的昭和三十六年（1961年）春天和三十八年（1963年）秋天，我曾三次造访了这座城市。每次都待上三个月左右,是医院派我去出差的。前后三次,整座雄别城的样子还是有着些许微妙的变化的。

第一次昭和三十四年(1959年),当时的煤矿工会势力还很强,为了工人的利益,举行罢工什么的与资方的斗争也轰轰烈烈。

到了昭和三十六年(1961年)那次去,由于人员削减,离开雄别的工人开始多起来。

到了三十八年(1963年)那次,整个矿山便呈现出明显的萧条,大批工人辞职,整座雄别城笼罩在一片"去也是地狱,留也是地狱"的黑暗气氛之中。

但是,整个煤矿会消亡,还是没有人能想到的。煤的能源地位正在被石油所替代,这一点大家是知道的;但煤炭毕竟有石油替代不了的优势,适当地合理化缩小生产规模,继续存在还是十分必要的,就连我一个局外人也这么认为。

今天我写出以上的这段文字,其实是要说明我前后三次去雄别,实际上是目睹了该城市从兴旺到衰退的整个过程。

当然,那时我去雄别还是在医院工作,与整个城市的变迁没有多大的关系,每天关心的也只是医疗工作。

昭和三十四年(1959年),第一次去雄别煤矿医院出差时,我是二十五岁,是个刚出道、崭新光亮的新医生。前一年刚从医学院毕业,经过一年的实习,通过了国家医师资格考试,成为正式医生才只有两个月的时间。

偌大的雄别煤矿医院里,整形外科医生只有我一个。矿山里的工作当然有危险,工伤事故时有发生,会产生怎样的重伤员,也是完全无法预计的。

说心里话,当时我对自己的医术是缺乏自信的。即使脚上的一个小小的骨折,我也没有单独医治过,大多是跟在前辈医生的后面做做助手的工作。将我这样一位新手派去地方医院独当一面,实在是因为那年秋天有大型的医疗学术会议,有经验的老医生都为了参加会议而忙于准备,无暇顾及这么个小镇医院的事情。

临出差时,主任教授特意将我找去,关照道:

"自己没有把握的情况,不要勉强,赶紧送钏路的医院。"

确实,患者碰上毫无经验的医生是最最危险的事了。

这一点我心里也是明白的,但作为医生,来一个病人就往别的医院送,自己的脸面又往哪里搁呢!

所以,在实际的工作中,我尽管没有把握,但还是一边翻着医学书,一边小心谨慎行事,总算有惊无险,没出什么大的纰漏。

举一个例子,有一次我听到报告说:"坑道里发生了塌方事故。"我一下子紧张起来，不知道会出现怎样的伤员，不知道将怎样处置。不一会儿，又有人来报告，说有人大腿断了，于是我慌忙钻进医院办公室找大腿手术的书籍，一会又有人来说有人腰受伤了，于是我又赶紧翻看腰伤的书籍。

正不知所措，伤员的担架抬了过来，一看，一下子傻眼了，所有书上的知识毫无用处，因为伤员此时浑身煤灰，首先要擦净伤口，再确认伤情，拍X光，最后才能决定治疗手术方案。

此时此地，伤员的家属、工会的有关干部，众目睽睽之下，我的一举手一投足都在光天化日之下。

一定不能让人看出自己是个新医生，一定要将伤员的病治好。我心里暗暗地鼓励着自己。这时，真正帮了我大忙的是大我六岁的外科护士长武石小姐。

"大夫，先输血。""将上面血管扎紧，止血要紧。""就这样，快送手术室。"她表面上是在受着我的指示行事，可实际上我的指导都是受着她的提醒的。

接着手术时，我也完全受着她的指示行事。譬如，当我看着小腿骨折的地方，不知该怎么办时，她在一旁利落地将夹板递了过来，并用眼神示意我用夹板将腿骨固定住。大家都戴着大口罩，只有眼睛能看得见，她的眼神真令人难以忘怀。

从表面上看我是执刀医生，她是助手护士，但实际上，她才是主治医生，我只是助手。

那次手术由于得到了她的帮助总算顺利完成了。接着又碰到了另一件事，真正地使我傻了眼。

那是我第二次出差。一天值夜班，医院里送来一名脸色苍白、昏迷不醒的女病人。据跟来的丈夫的话分析，判断那怀孕的妇女是子宫破裂大出血，大量的血淤积在腹腔之中。

这应该是妇科的患者，可偏偏不巧得很，妇科医生去札幌办事不在医院，送到钏路的医院吧，看那妇女的身体情况是绝对不行的。

怎么办呢？我一筹莫展，这时又是武石小姐在一旁，果断地说："赶紧动手术吧！"

趁着手术器具消毒的空隙，我拼命翻看妇科手术的书籍，然后匆匆换上手术服进了手术室，当然是少不了让武石小姐站在一旁的。

我小心地打开病人的腹腔，鲜血便似洪水般地涌了出来。平生第一次见这么多的血液，我的膝盖禁不住地抖了起来，可事到如今已经没有退路了。这时又是武石小姐将换药盆递给我，让我赶紧将血掏干净，找到破裂的子宫再说。

脑子里按着书里说的位置，用手在血水中找了一会儿，果然找到一个鼓鼓囊囊的、淡黄色的东西，便认为这是子宫了。

"找到了!"

我很兴奋,不料她在一旁摇着头:

"这是膀胱。"

我不由地"哎"地叫了一声又继续地找寻,终于找到了一个白色的囊袋,这才是子宫。

本来缝合子宫破裂,最好要将子宫里的胎儿先取出,但我没有把握,只好毛手毛脚地将破裂的地方缝合,总算止住了出血。

手术结束后,由于出血太多,病人的嘴唇苍白,血压低得都已无法测出来了。

我于是指示马上输血,但心里却是一点把握也没有。医学书上说,人的体重的十二分之一是血液,如果总血量流失三分之一,病人就会死亡。那病人当时体重约六十公斤,十二分之一计算该是5000cc血液,这三分之一就是1700cc血,照我的判断,那妇女已流失了2000~3000cc的血了。

很明显,生存的希望已经十分渺茫了。我垂头丧气地出了手术室,等在走廊里的那病人的丈夫赶紧凑上来急切地问道:

"情况怎样?"

我犹豫了一下,还是将真情告知了对方:

"现在正在输血,但出血太多,应该是没什么希望了。"

说完后,我回到办公室,第一次做大出血的手术,兴奋、疲倦

使我一屁股坐在了沙发里。正想着休息一下,手术室的护士奔了进来:

"病人的血压升上来啦,已经有呻吟声了。"

难道,这么大量出血的人能起死回生?

我满腹疑云地奔向手术室,果然,尽管很低,但病人已有了血压,脸颊也开始泛起了红晕。

看来有救了,又继续护理了一会儿,病人的血压又有了升高,嘴里也"难受啊"地叫出了声。

"看来问题不大。"

听了武石小姐的话,我舒心地点了点头,突然想起刚才对病人丈夫说的话。

赶紧奔出手术室,那丈夫果然泪流满面地站在走廊,我冲上去对他深深地将头低了下去,嘴里一迭声地嗫嚅:

"得救了,得救了……"

猛地,丈夫脸上掠过一道惊喜,大声叫道:"真的!"

忽然神情又暗了下去,透着一丝埋怨的口气叹道:

"刚才说没希望了,我都已通知家里人了。"

当了十年医生,有过各种各样的失败,可将得救的病人说成"没希望了",只有那一次。

这件事,我曾写成小说《母胎流转》①,后改名为《在废矿》。另外,那位比医生的医术还更高明的武石小姐,在我的小说《风之岬》中做了原型模特。

总而言之,没有她,我的医生故事就不会这么丰富;没有她,我也许就没有可能这么快成长成一名合格的医生。换句话说,雄别的三次出差使我从一位不成熟的新手,成长为一名老成的合格医生。

除了这些故事,雄别还有不少令人难忘的朋友和同事。

药房里大家叫他霍先生的细谷医生,当时已五十多岁,是个十分风趣的绅士,象棋下得很好,酒也喝得爽快;还有细谷手下的助手,个子高高的工藤君;总是对我十分关照的,留着小胡须,温和可亲的川守田医生;还有为了那女病人大出血事件对我坦率忠告说"三分之一出血导致死亡只是男人,女人可不一定呢"的妇产科的武上医生。

另外,始终似少女般天真烂漫的谷口总护士长;气色很好的女营养师;有点眼疾,喜欢叨叨不休的放射科的拍片师;老是迈着大步在矿山街头上雄赳赳地走着的院长先生;妻管严,但夫妇关系十分和睦的医院职工俱乐部的管理员夫

---

① 母胎流转,原意是指怀孕女子生活不安定、流离颠沛。

妇。还有那些年轻开朗的护士们：她们是肤色白皙、聪明伶俐的文子姑娘，长得如演员一样漂亮的明子姑娘，双目澄澈、喜欢唱《北上夜曲》的渡边君，身材小巧灵活的清野君等等，等等。

如今，这么多人奋斗过、生活过的雄别在哪里呢？

如今，即使到雄别城的遗址，也已无从想象当时的情景了。

从阿寒沿着舌辛河只有一条通向山里的小道，顺着小道朝前走去，除了茂密的芳草以外，再也见不到昔日热闹的商店与矿山街道了。

只有一根高高的锅炉废烟囱在暮色中孤零零地耸立着。从周围树木、草丛中残留的废墟，还隐约可以推测出那里曾经是矿山的营业所，在其背后，可以推测出或许是电影院。

不用说，我曾经住过的靠山的职工俱乐部，从那里顺坡下去到医院，一路上的火车站、商店街、公司公办楼，还有那座小桥，这一切的一切都全埋在了郁郁葱葱的树木杂草丛中了。夏天里一群群的蚊子，使人望而却步。

雄别矿山的关闭是在昭和四十五年（1970年）冬天。算来岁月流逝已近三十载，整个城市成为废墟也在情理之中。

然而，毕竟是座繁华的城市呀，消失得何其无情呀！

矿山关闭后的三年,我曾去过一次雄别。当时还有铁路,在没人的道岔路口,列车还是照例停下来,确认没有路人经过才继续行驶。一路上还能看到那些废弃房屋的破玻璃窗里不时地飞出孩子们绘画的纸片,那些丧家的狗儿们成群地在旷野里徘徊。

然而,现在连这种衰败的景象也不复存在了。

曾经桑田复为海,光阴荏苒,人们的记忆会慢慢地淡薄,但那确确实实是一座城市呀,竟真会消失得无影无踪?

然而,这是真的。

昔日雄别的风致只能留在人们的脑海里了。这样叹息着,伫立在萋萋草丛的暮色中,那些天真烂漫的护士小姐,那些喋喋不休心地善良的矿山大妈,她们的身影又一次映入了我的眼帘之中,我不由地想起古诗来,轻轻地吟道:

昔日山川无颜色,如今青青芳草萋。
情牵魂绕旧时邑,壮士梦系不了情。

不,在这里生活过的不仅仅是壮士,还有许多普普通通、朴实无华、心地善良的勤劳人们,而现在他们已成了离乡背井、浪迹天涯的游子。所以,我要将这首古诗改一下,献给那些漂泊四

方的游子:

　　　　昔日山川无颜色,如今青青芳草萋。
　　　　情牵魂绕旧时邑,游子梦系不了情。

沉湎在祇园

昭和四十五年(1970年)十月,我为了签名售书去名古屋、大阪转了一圈,然后去京都,光顾了坐落在祇园①街上的一家酒吧。

这年夏天,我得了直木奖,正式开始了专业写小说的生涯,刚刚三十七岁,还是一个名不见经传的青年。

那次签名售的书是河出书房新社出版的我的小说《花葬》,这是我平生第一次在书店里签名,所以十分紧张,写着自己名字的手也别别扭扭的,而且更令人难堪的是,来要求签名买书的人寥寥无几。开始签名才二三十分钟,便再也没人来了,实在看不

---

① 祇园,京都最热闹的娱乐街。

下去，只好由书店的营业员在书摊前排着队装装门面了。

一起去的出版社编辑也许是为了安慰我，晚上在京都就餐后，便带我去了祇园街的"K"酒吧。

以前做学生时、当医生时曾去过京都不少次，但全是观光旅游，祇园那么高级的娱乐场所是从来不曾涉足的。

是个怎样的地方啊？对充满好奇心的我来说，那家酒吧充分地让我开了眼界。首先说是酒吧外表看去与普通民宅一般无二，进了门楼梯又是窄窄的，上了楼迎面只见一排纸糊的隔扇拉门，真正犹如进了什么朋友的家里似的，打开拉门，才豁然开朗。左边是一个个由沙发隔成的宽敞的包厢座位，右侧是一溜长长的吧台，最令人感慨的是右侧吧台的里面。

望过去里面的房间很深，到底的墙前有一根粗粗的柱子，使人明显地感到那里原来是客厅的壁龛。再看左边，沙龙包厢座位边上摆着矮矮的和式橱柜，包厢的天花板上有拆除了的拉门留下的横框，很明显这二楼原来是一间和式卧室与一间和式客厅，现在将两间房间打通了，成了如今这么一大间。这样的格局，或许是因为处在祇园，所以一点也不显得别扭，反而使人感到一种京都古城的风韵和气氛。

札幌的薄野，东京的银座，我以前去过不少的酒吧，但都是千篇一律的大楼里西洋装饰的风格。

与此相比,这和式风韵的酒吧,使人有一种耳目一新的新奇感觉。

我欣赏着这店堂里的氛围好一会儿,待到老板娘来到面前,我又惊奇得瞠目结舌。

老实说,我认为经营着这样一家古朴素雅的店的老板,绝对是有了些年纪的,然而坐在我面前的却是一位和服打扮的二十二三岁的肌肤白嫩、盈盈含笑、双眸明亮的姑娘。当同去的编辑向我介绍说"这位是老板娘呢"时,我还是不能相信,一下子竟不知说什么好。年轻的老板娘见此情景,便灿烂地一笑,调皮地问道:"感到奇怪吗?"一口软软甜甜的京都乡音,使我飘然欲仙地看着她,就是说不出一句话来。

恋情的产生,完全是偶然的。

要是我那时不写《花葬》,不去签名售书,或者编辑不带我去那酒吧……

当然,我就不会遇上她,也不会一见钟情,一下子坠入情网。当然也许就不会有我以后的以京都为背景的各种小说产生。或者说,即使我写了京都题材的小说,却会是另外一种完全不相同的样子。

总而言之,从那次以后,我便时时抽空去京都。到她那里去,当然不会再让编辑陪着,而是一个人去了。交往时间长了,才知道她是纯粹的京都祇园姑娘,两年前,还是一位舞伎①,经常去饭店酒吧为客人演出。

这酒吧本来是她母亲经营的一家御茶屋②,但母亲身体一直不好,便退休在家,将这御茶屋传给了她。但是作为御茶屋的老板娘实在是太年轻了,于是便将御茶屋改装成现在的这么一家酒吧。

简单说来,她是为了继承家业才当了这样一位老板的。

本来她还有两位姐姐,最大的姐姐本来也是学艺的,后来找了个称心的郎君结婚了。第二个姐姐与她是双胞胎,也一样当舞伎,后来升为艺伎③,再后来也结婚了,所以就剩下她一人独身留在家里,所以家里的事业当然就得由她继承了。

我后来写的祇园题材的小说《化妆》中的三姐妹就是以她们三姐妹为原型的。

初次看到她,给我的印象是典型的祇园姑娘,优雅而且高傲。

---

① 祇园舞伎是经过十分严格挑选、训练的日本古典舞蹈艺人。
② 御茶屋是京都一种特有的培养舞伎、艺伎的场所。同时它又具有向各高级饭馆、酒楼派遣舞伎、艺伎的功能,有点像旧社会上海的长三堂子,派出的舞伎、艺伎名义上是卖艺不卖身的。
③ 艺伎是比舞伎更高一级的艺人。

头发梳得很整齐,总是梳成松柔荷包式,轻轻地垂到领边遮住半只耳朵,乍一看就似明治时代黑田清辉画的美人图中的美女。

就是这样一位美丽的姑娘,将我彻底地迷住了。先是祇园,接着是东山附近,岚山、嵯峨野,再以后是贵船、花背,这些地方都留下了我俩的足迹。

当时我们两人住过的旅馆,吃过饭的料亭①,都在以后我的小说《化妆》中成了主人公去的地方。

说心里话,我的才能是远远不及她的。

单从年龄与学历来说,也许我是比她高一些,但在其他方面,特别是她那长年在京都祇园生长所形成的独特的胆识与悟性上,我只能望其项背。

札幌历史短浅,京都传统悠久,在札幌那广阔原野长大的我,对京都的一切除了憧憬,便只有好奇的份儿了。

这两个日本最极端的城市,产生出来的差异与冲突使人感到有趣,同时又使我懂得了不少的东西。

确实,要说学历,她只上过京都的舞伎御茶屋,但这城市悠

---

① 日本最高级的日式餐馆称为料亭。

久历史的凝重,正统的教养,使她显出彬彬有礼、谦和温柔的高雅气质。还有她从小耳闻目睹这繁华的世界,也潜移默化地影响了她的审美观和世界观。

后来她去过东京,面对林立的高楼,如水的车流,耀眼的豪华,她感慨,但决不赞叹。东京的大与现代,她承认,但心里总有着一种不屑一顾的自负。

不知是幸还是不幸,北海道乡下出生的我是分辨不出东京与京都的好处来的。

同是日本人,对事物的见解、价值观,竟会如此不同,我感到惊叹的同时,又感到人这种生灵的复杂、单纯和可爱。

具体说我与她的交往吧。我们一起吃饭,一起谈话,时而争吵,时而和好,这一切的一切对我来说都太新鲜、太刺激、太受教育。

确实,她是在古朴典雅、富饶悠闲的环境中长大的,所以她具有很多受这种环境熏陶而产生的美德。但另一方面,她又有可笑的幼稚和无知。

例如,难一些的汉字她就不认识,数学、自然的知识极其贫乏,当然对于文学,她可以说是一窍不通了。

举个可笑的例子,当我对她说自己是写小说的作家时,她竟一本正经地问:"你是丹羽文雄先生①吧?"

她的问话令我啼笑皆非,可她却说出了更加离奇的事来:"以前,川端康成先生曾来电话,约我去他下榻的宾馆见面呢。"据她解说,以前她当舞伎的时候,有一天来了一个电话,对方说叫康成,问他姓什么,回答说姓川端,这才知道是川端康成先生让她去宾馆。她还真向领班请假去见了那位川端康成先生。她还说见面后,那位川端康成先生一个劲儿地赞赏她长得美丽,足有半个小时,看着她怔怔地发呆。

很显然,她说的那位川端康成,绝对不会是众所周知的大文豪川端康成先生。

不过,能说出这种美妙的张冠李戴的事情来,也是她的魅力以及祇园这条街所具有的独特风采的所在了。

对我来说,要写京都题材的小说,首要的难题便是京都方言。

故事情节,人物风貌,可以实地体验生活,但这方言却是靠书本或体验生活所无法解决的大难题。

这京都方言,特别是祇园方言,要掌握它只有多去祇园,再

---

① 日本现代著名作家,有《丹羽文雄文集》28卷传世。

具体地说,是泡在祇园的御茶屋、酒吧里,与那些舞伎、艺伎厮混,沉湎在她们中间。

可要做到这一点,是要花很多钱的。

首先是晚餐,每次都去料亭那是十分昂贵的,于是我就想办法去便宜的餐馆,饭后九十点钟光景便去御茶屋泡着,等那些料亭里陪酒的艺伎或舞伎回来,再叫她们,这样花钱少,那些姑娘由于有额外的收入也十分乐意。

说这些,我的意思是玩也必须动脑筋,不能傻乎乎地花大钱。

当然,要去各种料亭或酒吧御茶屋玩,必须要有人介绍,这种时候,她就是我最好的介绍人。

她家是从明治时代就一直经营御茶屋的,她奶奶更是当地有名的舞伎。所以有这么一位老字号御茶屋小姐的介绍,不管跑到哪家店里都是十分受人欢迎的。当然,纯粹比年代悠久,比她家还要历史悠久的御茶屋也是有的,例如,曾有一位她当舞伎时的好友,说她自己家经营的御茶屋是从安政时代[①]开始的,与从明治时代兴旺起来的祇园街的御茶屋相比,那么她家的御茶屋该算是更加老的老字号了。但是,祇园的御茶屋除了历史悠

[①] 安政时代:1854年11月27日至1860年3月18日。

久,还有着别处无法比拟的风韵。从这一点说来,别的地区的御茶屋不管是在安政时代,还是在别的什么时代,都不能与祇园的御茶屋同日而语。

我当时就是这么在祇园街厮混的,为了能听懂京都方言,能用京都方言写小说,我花了将近五年的时间。

现在回想起来,我第一次写京都题材的小说是昭和四十七年(1972年),书名叫《飙风》①。这书里的主人公是医院放射科的医师,讲得几乎全是普通话,也许我不该为自己辩护,我当时没有用京都方言写作的信心,才塑造了这么一个使用普通话的主人公。

我的作品明显地用上京都方言是在那之后两年写的《正午的原野》。那书里的主人公是京都一家老字号商店的小姐,但还不是娱乐圈里的人,所以还没有使用祇园的语言。

从那又过了五年,我写了《化妆》,主人公是祇园土生土长的三姐妹,这三姐妹用的便全是地道的祇园话了。

当然,我当时还没有十分的把握,所以写好的稿子,总是要请她给校看一遍。

所以说,没有她就不会有我的那些京都作品,或者说,即使

---

① 这部小说在中国出版时译名为《残阳》。

写出来,也不会具有那样的艺术魅力。

再扩大些范围,当时经常来陪我的那些舞伎、艺伎,以及餐馆、茶坊的老板娘、服务员,这些人都给了我非常大的帮助。

所以应该说,一部作品便是这作者接触过的形形色色的人物、事物的集大成。

现在,当我重读自己的小说《化妆》时,更能感受到她存在的重要性。同时脑海里又浮出当时那些年轻漂亮的祇园姑娘们的倩影和笑容,一种亲切无比的感受在胸中荡漾,这更能使我感到与她们所度过的那些日日夜夜是多么可贵、可亲。

妖孽的支笏湖

昭和二十七年（1952年）夏，还是大学生的我，在支笏湖畔的莫兰野营基地，与朋友一起搭起帐篷过了一夜。

正是盛夏，具体与哪一位朋友在一起，现在已经记不得了。

只记得黎明时分，我突然醒了，于是便悄悄蹑足走出帐篷，一个人在湖畔散起步来。

才清晨五时，周围一切都蒙上了一层白色的露水，湖面更是一片乳白色，笼罩在雾霭之中，只有脚下沙滩前的湖水清澈见底，不时荡起一个个小小的浪花。

支笏湖是一个火山湖，四周都是陡峭的山壁，只有我们去的莫兰野营基地一带有一小片平坦的沙滩。

我站在那沙滩上，置身在相对于盛夏显得太冷的空气中，眺望着周围的群山,然而身子却似被那湖水吸引了似的,情不自禁地朝着湖边走去。

走到湖边,隐隐约约地看见湖面上有一条长长的黑影浮动着,若隐若现。

这么静谧的黎明里,那湖面上会是什么东西呀?

脑子里打着问号,凝神眺望,那黑影渐渐地鲜明,原来是一只小舢艇。

支笏湖里人工孵养着从阿寒湖里移过来的姬鳟鱼,六月初至八月底正是允许捕捞的季节。

这小舢艇这么早就去湖上捕鱼啦。这么想着,小舢艇被水流慢慢地送到了我的面前,我不由地站住了脚。晨雾中,漂来的小舢艇上却空空如也,没有一个人影。

这艇上的人去哪里了呢?

心里浮起一个不解的疑团,怔怔地看着那小舢艇,不料又意外地发现了一些东西。

小舢艇里有一双男人的黑皮鞋,一双女人的白高跟鞋,整整齐齐地排放在一起。

为什么只见一男一女两双鞋子,人却不见踪影呢?

我这么想着,突然感到事情的严重性。

会不会是一对情人趁夜深人静之时,划着小舢艇去湖里自杀了呢？会不会这么整整齐齐地将两双鞋子放在一起是向人们告知他们的不幸呢？

我越想越感到不对，慌忙回到帐篷里将朋友叫醒，又接着去找了野营基地的管理人员。

很快警察和旅馆的人员来到了湖边，对那舢艇里的鞋子仔细地察看了一会儿，断定是住在那旅馆里一对失踪了的男女旅客的鞋子。

听那旅馆的人员说，也不知他们昨夜几点从旅馆出去的，也许是深夜吧，月明星稀时借着月光，他们是可以将小舢艇划到湖中央去的。

"这湖里，尸首也找不到呢。"

警察自言自语地嘟哝着向我解释说，这湖中心的水很深，而且当时被火山喷成湖塘时，周围的森林树木都一起沉到了湖底，所以掉下去的人会被深深的水涡和横七竖八的树木缠住，一般是浮不上来的。

终于晨雾渐渐地散尽了。支笏湖的真面貌也能看得清了，于是我也就更相信警察的话是对的了。这静谧的湖底那横七竖八的树枝真不知勾住了多少屈死的鬼魂呀。

支笏湖是一个呈瓢形的火山湖，面积有 78.4 平方公里，是仅次于内道湖的大湖。湖面海拔248米,最深处达360米,是次于秋田的田泽湖的日本第二深湖。湖水透明度达23.5米,夏天里在周围群山树林的映衬下,湖面望去一片深绿璀璨。

围绕着这湖面的山有惠庭岳、风不死岳、樽前山,这些火山群的上部,都由于火山喷发而露出峻峭的山肌,给人一种异样的感觉。特别是风不死岳,正如其名,屹然倔强地伫立着,透着一种任凭风吹雨打,我自闲庭信步的威严和孔武!

我第一次看到这湖是小学六年级时,当时只感到这湖有一种摄人魂魄的力量。如果盯着湖面看,便会感到自己的身躯、周围的大山、树林乃至整个大地都将被它吞没,似乎这湖里潜藏着一头巨大的魔物。

这种感觉即使到了后来,我长成了一个小伙子也一样没变。记得有一年的九月中旬,湖周围的群山被枫叶染得鲜红的时节,好像是一个周末的夜晚,天气晴朗,但风有些急,我与Y姑娘曾去那湖边住了一个晚上。

我们住的是紧靠湖边的旅馆,黑夜里的风将湖水掀得老高,波浪的呼啸声搅得我们无法入睡。

Y姑娘战战兢兢地朝窗外望去,只见月光下的湖面波浪滔天,无数个浪头吐着白色的水花,越近岸边越是高大,恰似一头头怪物猛兽疯狂地朝我们旅馆的围墙上扑来。

"这湖怎么会有那么大的浪呀!"

Y姑娘说得不错,起这么大的浪涛的湖我还是平生第一次看到,望着这湖真像是置身在苍茫的大海边上似的。

这一夜,我与Y姑娘抱得紧紧的,每当一声声浪涛的呼啸冲入屋来,便不禁担心自己会被那湖水卷进去呢!

印象中该是美丽幽静的支笏湖,竟蕴藏着这么多的凶险。萧瑟的秋天,寒冷的冬季,那是可以想象的了;就是百花争妍的夏季,这看上去文静优美的湖水中也隐藏着一种令人捉摸不透的阴森。

不仅仅是我,好多人都有着相同感觉的,看来这支笏湖确实是有着某种妖气。

与邻近的总是透着北国清灵之气的洞爷湖相比,这支笏湖老是显得焦躁不安,阴阳怪气的。

当然有这么个印象,也许是那天我发觉了那只小舢艇的缘故,但这湖冰冷冰冷的,使人难以接近的孤傲性情,实在是其他北国湖泊所罕见的。

我开始在《圣地每日》杂志上连载小说《无影灯》,是昭和四十六年(1971年)一月份。

我虽然得了小说直木奖,但在周刊杂志上连载长篇小说,这还是头一次。

当时感到,只要这篇小说成功了,我便可以名正言顺地称为作家了,所以这部小说我写得很卖力。

小说内容是一位傲慢、阴险的外科医生直江庸介与其情人伦子的恋爱故事。其实可以说是我从札幌来到东京在庶民街小医院打工的经历的写照。

特别是直江这个人物,原型便是我大学时当外科医生的朋友,后来他碰上交通事故,失去了一条腿。

直江辞去医科大学附属医院的工作来到东京的小医院打工,这便是我本身的经历了。其他,院长和各种人物也大多是我当时打工医院里人物的写照。

故事最后,主人公直江为了伦子而投湖自杀,这湖不用说就是支笏湖了。

直江医生一面与自己体内不断漫延的恶性骨癌作斗争,一面与各种各样的女性进行着毁灭性的恋爱,其中最爱的是时常在他身边为他献出自己全部爱心的护士伦子。

当知道伦子怀孕时,直江便感到此生已经无悔,于是便毅然地选择了死。

直江对伦子的爱也许太不负责任、太自私,但我在小说中将直江推入湖里是有着更深一层的意思的,这就是生死轮回,归依涅槃，人活着只是暂时的依附，死了才是真正的归宿。

对视死如归的直江来说，死已是不可怕了，只是这具躯体该将它放在何处？考虑再三，直江最终选择了端庄文静、美丽中蕴藏着凶险阴恻的北国之湖——支笏湖。

我这样为直江设计，实在是我那天在湖边看到舢艇时的印象太深的缘故。这印象决定了一个长篇小说的方向。

这作品连载后，每日新闻出版社又出了单行本，销路意外地好，是我第一本畅销的小说。

接着不久，TBS 电视制作中心的大山胜美先生将此书改成了电视剧，取名《白影》，反响很大，收视率很高。这当然要感谢编剧本的当时还十分年轻的仓本聪先生。

电视剧的演员，演直江医生的是已经过世的田宫二郎先生，演伦子的是山本阳子，另外中野良子、中山麻理也在剧中担任了角色。特别要提一下田宫二郎先生，他在这以前的电影《白色巨塔》里也演了一个医生的角色，引起很大的轰动。所以演我的这部电视剧时，真是人气绝顶的好时光，而且田宫先生由于这电视剧大受欢迎，于是便又演了《白色滑翔道》等等，一发不可收地主演了一系列"白色"影片，最后自己终于也如他演的角色一样自杀了。

尽管自杀的方法不同，但电视剧中的直江和演直江的田宫都选择了自杀的方法谢世,是巧合还是因缘?仔细想想,只能是一个疑团。

从第一次看到支笏湖,岁月之河已经流过了长长的距离,但我对支笏湖的印象,还与以前一样丝毫没有改变。

支笏湖还是一个阴恻的、令人沉闷不快的湖。

可你为什么喜欢这样的湖呢?有人问我,我只好回答,因为喜欢就只好喜欢了。

喜欢、讨厌本来就没有什么理由的。这是个十分直觉的、与哲理、理想相背离的、非常感性的问题。

但如果还有人问我同样的问题,我便会这样回答:"比起美丽的东西、庄重文雅的东西,我更喜欢妖孽的、令人沉闷的东西!"

如梦似幻的银座

昭和四十年代初至五十年代末这二十年间,银座的酒吧生意最是兴隆,这也许是因为有好多作家都光顾那里吧。

譬如说,当时作家、编辑经常去的所谓的文化酒吧,如"爱""眉""葡萄屋""数奇屋桥""希望""花鼠"等等。不管什么时候去这些店里,总能碰上一两位著名的作家什么的。

在这些酒吧里,我经常碰见的有井上靖、源氏鸡太、吉行淳之介、水上勉、梶山季之、开高健、黑岩重吾、笹泽左保、早乙女贡等先生,还有松本清张、池波正太郎两位先生也时常在那些酒吧里撞见的。

在这些酒吧中,最引人注目的便是"眉"。

这家店在以上那些文化酒吧中不仅店堂面积大,老板娘更是个大美人，而且整个酒吧的氛围也十分宜人，所以文化人有聚会什么的首先便会去那里。这里可以说是全部文化人聚集的总场所，这里聚会结束后，大家再三三两两地散去别家酒吧消遣。

热闹的时候，这里会有三四帮作家同时在聚会，真可以说是文化总部移到这里来了呢。

我开始频繁进出"眉"酒吧，是昭和四十五年（1970年），获得直木奖的两三年以后。

在这以前，我老是在新宿几家鱼龙混杂的酒吧里喝酒，得了直木奖后，渐渐地感到那些酒吧不太适宜了。

当时有一些作家与编辑喜欢经常聚在一起通宵达旦地侃侃而谈，评说他人或自己作品的优劣，情绪激动起来便会相互争辩，甚至大打出手。

也许是当时文学十分热门，在社会上也很受欢迎，所以也总是有好些人是为了看文化人争论、吵架而来这些酒吧喝酒的。

特别是新宿那些离热闹地段稍远一些的酒吧，由于价格便宜，所以经常聚集着一些文学爱好者，以及还没出道的青年作家，他们几杯酒下肚便不管三七二十一，对哪位作家都不知天高地厚地评头论足。特别是像我这样三十六岁就得了直木奖（其实三十六岁得直木奖也不能算太年轻的了）的人便成了他们时常冷嘲热讽的对象。

这也许是出于妒忌,或者说是对我的不屑一顾,但我当时也正血气方刚,每次都与他们针锋相对,争论不休,决不买他们账的。

这样的事情发生多了,我也开始有点厌烦了,有位老编辑对我咕哝道:"这里已不是你来的地方了。想喝酒,去银座的酒吧吧。"

老实说,正是这一句话,促使我真的去了银座。他话里没有明说,但意思是很明白的,你已经得了直木奖,已是知名的作家,该去高级一些、档次高一些的地方喝酒才是呀!

我开始出入银座的酒吧了,首先得到的印象是银座是个十分现实的地方,酒吧对待客人是从来不问客人的过去,只重视客人的现在,即这位客人现在是什么地位的人,现在的经济能力如何。另一方面作为客人,来这里的目的当然是为了找漂亮的小姐,但也有不少人只是来追求一种置身如云美人之间,觥筹交错的华贵气氛而已。

当然,这里没有新宿那些便宜酒吧的嘈杂、争论与吵架,店里的小姐也不会对客人的谈话胡乱插嘴。争论与吵架在这里是很掉身份的,店里的小姐会婉言劝阻,所以没有些绅士风度的人是很难去那地方活动的。

从这一角度来说，银座该是个大人的地方，怎样玩、怎样取乐都是很有讲究的，懂得了这些讲究，银座才是一个充满着自由、欢乐的地方。

说心里话，我很喜欢这样的银座。

与那些挖空心思找人差错、寻人争吵的新宿便宜酒吧相比，这里不知要清静、舒适多少倍呢。

当然，银座的酒吧，费用是不菲的。

当时的"眉"每人是二万元，"葡萄屋""数奇屋桥"稍微便宜一些，"希望"和"花鼠"还要贵一些。

不过，去那里喝酒的作家们都有一条不成文的规矩，就是自己付自己的钱，所以气氛很轻松，也不感到十分昂贵。

况且，话再说回来，银座的昂贵也确实有其昂贵的道理。

首先，当时银座酒吧的小姐，与现在相比，个个都美如天仙。现在的名牌服装什么的，连普通大学生也都穿上了身。当时，一般工作的女性还没有能力穿名牌，所以就越发显出银座小姐们的光彩夺目。

其次便是银座的氛围，这里始终洋溢着一种非同寻常的、昂贵而华丽的高尚气氛，使人流连忘返。

在银座，在"眉"酒吧，我结识了一位桐子小姐。她一米六不到的个子,窈窕修长的身材,总是一身得体的和服打扮,显得气质高雅。

二十四岁,一双流转顾盼的大眼睛,漂亮的前额显出十分的灵气,最令我欢心的是她那和服的领子始终是整洁雪白的。

看上了一个姑娘,首先关心的便是她有没有别的男朋友。特别是酒吧里的小姐,当然会接触各种各样的男人。

我仔细观察了桐子很长一段时间,发觉因为她的美丽,确实有不少客人喜欢与她交往,但没有一个是与她固定相好的。这固然是我观察、向人打听的结果,但从她的为人,爽快利落,光明正大中也完全能够看得出来。

说实在的,对于一位才得了一个直木奖的初出茅庐的年轻作家来说,银座酒吧的小姐是高不可攀的,但是我却抑制不住自己,还是十分诚心地追起了她。终于有一天趁她休息,约她去吃饭时,正式地向她表白了我爱她的心迹。

她一开始还将我的追求当作男人逢场作戏的调侃,渐渐地便也认真起来,终于允许我去她住的公寓,在那里,我们相爱了。

这以后,我与她在一起度过了好几年的蜜月。

交往深了,才感到桐子其实是不适宜在银座当小姐的,她是个十分朴实、纯洁的姑娘。与以前和我一起从札幌来的裕子相比,在花钱、穿着、享受等各方面都显得非常地实在、得体,令人称心如意。

她经常穿着和服、西服、提包、皮鞋,所有的东西,她都十分爱惜,而且她还非常地爱清洁,一有空便洗衣、打扫房间,我一拿出烟来,她就赶紧拿着烟缸跟了过来。

所以她的房里始终窗明几净,一尘不染,连衣橱及门窗的把手也擦得锃亮。

对于金钱她更是珍惜,千元以上的钞票,她都整齐地叠好放在钱夹里,平时决不乱花钱,有时我临时让她垫一下钱,即使两三千元钱,事后她也认认真真地向我催讨,每当这种时候,她经常说的一句话是:"爱情是爱情,金钱是金钱哟!"当然,她从来不向人借钱,所有的支付都是现金。

桐子的爱清洁也发展到了我的身上。每天晚上,我喝得醉醺醺地回去,她一定要让我洗澡,换内衣后才能睡觉。

起先我对她的爱清洁是很欣喜,但慢慢地便有些讨厌了,有时竟会感到与这女人生活就像是与一架精密的机器生活在一起。

当然,这样说,并不意味着我与她的爱情发生了什么危机,也不是说对她有什么不满意。

两人在一起,还是那样甜甜蜜蜜,卿卿我我,可见爱情绝对没有什么危机,只是自己总感到,与她在一起老是被她管着、盯着、监视着,有一种浑身不自在的压迫感。

桐子说她自己想开酒吧,是与我相爱五六年后的事。年龄也已三十多岁,她的一些朋友也都自己开了店,所以她也想有一份自己的事业。她的想法当然不错,我是由衷地表示赞成。

于是她便开始到处找店面,最后定下一家,面积四坪半①只有一排吧台的小酒吧。这酒吧真像她的人一样,玲珑又可爱。

为了借那店的房子,我为她出了房子的保证金,但她坚持以后每个月一点一点地还给我。

另外,她又在涩谷买了一套两室一厅的房子,这全是她自己的积蓄再加银行按揭买下的。

酒吧总算开张了,店小自然费用也小,所以价格就便宜,再加上桐子天生的精打细算,所以酒吧生意十分兴旺,傍晚五时开始营业,先是公司的董事长、总经理,七时以后一些董事,九时以后公司的部长、科长,再晚便是一般职员什么的,按着时间的顺序客人的档次分得明明白白的。有时人多了,大家便会相互谦让,店里的气氛说是酒吧,这时便有些像消遣聊天的沙龙了,客人们也似乎成了好朋友。

---

① 一坪相当于3.3平方米。

店里又用了一名学话剧的研究生,给她当帮手,桐子为主持。明亮的店堂里,桐子那一身合身的和服打扮,落落大方的仪态,实在是吸引住了不少客人呢。

我也时常去桐子的酒吧,客人也大都知道我与桐子的关系。每当这时,我总有一种难为情和自鸣得意的混合心情在胸中荡漾,倒是客人们总是十分宽容,从不给我什么难堪。当然对桐子老是轻松调皮地诉说我的各种不是,对我喝酒的钱她也一分不便宜,那些客人们的心里也许还是感到十分不可思议的。

当了老板娘的桐子,生活规律和习惯也一点没有改变。每天早上八时起床,打扫完房间,便准备晚上酒吧里卖的下酒小菜,午饭前整理好营业的发票,晌午后便洗澡、梳妆、打扮,早早地做好去店里的准备。晚上,不管店里有没有客人,总是十一时打烊,然后径直回家,午夜一时前是一定要睡下的。

这种对一般夜生活的女性来说不可能做到的有规律的起居作息,桐子认为是保持她肌肤润滑、容貌姣美的最好方法,当然,逢到休息,少不了要去泡泡桑拿,做做美容,还有对食物也是精心地搭配挑选。

因此,桐子看上去要比实际年龄年轻许多,店里的客人也越来越多,生意真可以说是蒸蒸日上了。

但是,另一方面我与桐子之间的关系,却渐渐地失去了先前的那种新鲜感,不能说有什么不好,但总感到没有以前那么热切了。

从那以后,又过了好几年,我与桐子最后还是分手了。

这原因不用问什么人,我自己心里最清楚。

简单地说,就是因为我的见异思迁。而且不是一人,与银座的其他好几位女性有着暧昧的关系。

对此桐子很生气,最后终于无法再忍耐,便毅然与我断绝了来往。

这便是我与桐子分手的真相。

那么,我为什么要见异思迁呢?

作为男人,提出这么个问题,要说毫无意义,也确实是毫无意义,但说出来……

说出来,便是我对桐子实在厌倦了。

不用说,桐子认真、诚实,没有一点的虚情假意。爱清洁,爱美丽,与桐子这样的女人在一起时,常有一种幸福安稳的感觉。

然而,由于她太认真、太规矩,便时而会使我感到负担太沉重,心情太抑郁,于是便会产生解脱和逃避的想法。

事到如今,我绝没有为自己见异思迁的行为辩护的意思。我只是想,我与桐子之间所产生的男人与女人的矛盾也许是所有男人与女人之间所不可避免的矛盾吧!

不管怎么说,作为男人,要说喜欢黑还是喜欢白,应该说都不喜欢,喜欢的是处于黑白之间的灰色!如果要问为什么喜欢灰色,也许我一下子也无从回答。

但是,太规矩、太清洁,便会行动没有自由,不如有些适当松动,有些适当的污垢,这样也许反而会使人感到舒适自在。

然而,桐子对此却不予承认!

"你这种人邋遢、散漫,真是不可理喻呀!"

桐子对我的这个评价,应该说是千真万确的,我一点也不想否认,但有一点我还要斗胆解释一下的:

"确确实实的邋遢、散漫,不可理喻,但却是真心地爱着你的啊!"

当然,这话我知道桐子是听不进去的。事实也确实如此,当我对她讲出这句话来时,她满脸的不屑一顾,几乎是用鼻子哼出一声:

"傻瓜一个……"

如此这般,与桐子分手已有十年了。

桐子也依然在银座经营着她那小小的酒吧,也仍保持着一丝不苟,一仍旧贯的生活作风,当然她的身材还如以前那么窈窕修美,容貌当然抹不去时间的婆娑,但那庄丽、高贵的气质该是依然如故的吧。当然,我们之间不会再有争吵,再有交谈。

假如我去她店里,也完全不用言语,只须用眼神问一声"还好吗",答一声"很好呢",一切的一切便都心领神会了。

这真所谓,千言万语尽在不言之中。

然而,我心里却会想,现在,桐子也许会容忍当时的我的吧。虽然没有正式去向她询问,但我的感觉是不会错的!

男人总是喜欢意气用事,总是在梦幻中想象着女人的种种行为,男人也许就是这么个怪怪的生灵吧!

京都的樱花

我第一次看到京都樱花,是大学二年级末,我二十岁的春天。

那时我在北海道大学读书,带着一种郁伤的心情去京都旅游。当时大学的基础课程分理科与文科,我属于理科,以致我在升入高年级选择专业时产生了不少烦恼。

一二年级基础课属于理科的学生,一般升入三年级时都进入理学、工学、农学专业,但我自己却感到比起理科,文科的专业更适合我的才能。

那么为什么不从一开始就入文科呢?实在是当时北海道大学的文科刚刚起步,好多方面还没有完善。所以一开始我便选了理科,可读了两年还是没能喜欢上理科,当然要转入文科,心里也一下子拿不定主意。

正在游移不定的时候,据说京都大学的文学系可以插班招生,所以为了参加考试,早春三月末,我便一个人去了京都。

从札幌出发时,广袤的大地还积着皑皑白雪,到了函馆,再从函馆乘船渡过津轻海峡到达青森,一段路程已经花了十二个小时,再从青森坐火车到奥羽,经北陆本线到米原,最后到达京都。沿着日本海,换乘了几次快车,花了将近三十六个小时,当结束长长的跋涉到达京都时,京都已是樱花灿烂的季节了。

身在飞雪漫漫的札幌无法想象的景色中,我乘着有轨电车在悠闲的京都市内摇摇晃晃地找到了京都大学附近的旅馆,两天后参加考试,结果是名落孙山。

原因也许是我在北海道没有好好用功学习,但考试的题目是理科教材里没有的也是事实。

这次招收插班生名额才二三十名,几天后公布结果,知道自己落选时,京都的樱花却开得如火如荼了。

既然落第,就没有理由在京都再待下去了,必须尽快回北海道办理继续升学手续。

心里这么想,却还是恋恋不舍地在京都待了一天又一天。

现在想来,当时将我挽留住的,也许是那满山遍野争妍怒放的樱花吧。

这是春光明媚、温暖宜人的一天；这是心气怠倦、花气袭人的一天；这又是润物无声、春雨霏霏的一天。这风情万种、风致千变的一天又一天，使我对京都流连忘返，迟迟下不了北归的决心。

这样一天天在京都盘桓着，渐渐囊中羞涩起来。不过运气还算好，在京都车站附近，有一处住宿介绍中心，我在那里找到了一份临时工，使得我能在京都继续待下去。

光阴似箭，一晃过了一个月，中途接到家里告知我考取北海道医科大学的通知，我也照样不肯离开京都，整天地在京都市内、八濑以及大原追寻着樱花的踪迹。

当然，所有的行动只有我一个人，孤单、忧郁，于是我时时思念遥远的故乡。

故乡札幌还在雪中沉睡着，与那阴冷、沉闷的北国相比，眼前的京都是樱花怒放，春光烂漫。

同样是日本，竟如两个国度，南北之差竟是如此之大，我感慨着大自然的造化，终于在四月底拖着沉重的脚步踏上返回故乡之路。

与来时相同，沿着日本海北上，到了青森，看到寒浪滔天的津轻海峡和积雪茫茫的群山峻岭，我心里不禁又一次深深感到一种落第的落寞与孤零。

那以后,我又曾几度邂逅过那京都的樱花呢?

算来当了医生,每年四月总要召开各种学术会议,有两三次是在京都召开的。但因为是开会,所以每次都十分仓促。那樱花,留下的印象只是美,除此之外竟没有一些别的感想。

真正地又一次被京都樱花所迷住,是我当了作家,打算写京都题材的小说时。先是《飙风》,接着是《白昼之原野》《化妆》《樱花树》一部接着一部,在这些小说中我都尽心描写了京都樱花的景色,譬如在《化妆》的一开头,我是这样描写的:

"真不可思议,为什么这樱花开放得如此不顾一切呢?"

双手撑在鲜红毡毯上,槙子入迷地惊叹着。一边的里子不由地停住了伸出取甜酒的手,问道:"不顾一切?什么意思?"

"难道不是吗?这么满树、满枝的火一样喷放着,有必要这么拼命吗?"

"真是个傻丫头,樱花树呀,感觉不到它是在拼命的。到了四月里,它便要开放,要开放就要这么不顾一切地拼命怒放,这是它的本能呀。"

《化妆》是描写京都东山料亭"茑乃家"三姐妹的故事,这故事的场景便是京都西北部的原谷苑。

那里的樱花也许地势稍微高了一些,所以开得比较迟。我写小说的当儿,那里的樱花还是鲜为人知的,现在那里六千多坪的山坡上都种满了樱花树,已是一个众人争相去观赏樱花的好去处了。

再从我的小说《樱花树下》,摘一段文字出来吧。

游佐对于樱花并没有作过特别的调查,但染井吉野①那伸向天空的枝条上开满鲜花的景色,实在是显示着樱花争妍时的拼命狂妄。

"看那染井吉野,实在令人感到忧伤、悲凉,不管它开放时,还是凋谢时都是那么拼命。"

"是的!"

就像在回答老师的提问一样,淳子干脆地答应着。

"与这相比,那垂枝樱②……"佐渡说到此突然打住了话头。

---

①②染井吉野、垂枝樱都是日本樱花的品种。染井吉野一般是白色。垂枝樱是犹如柳枝垂荡的一种樱花。

"想说什么呀?"淳子征询般地弯了弯细细的脖子。

"显得有些,淫荡。"

"淫荡?"

"是的,你没有这种感觉吗?"

游佐的话,淳子好像还是没有搞懂意思。

"垂枝樱,花朵是那么鲜艳,生气勃勃。"

染井吉野却是那么淡雅且虚怀若谷,与此相比,那垂枝樱的鲜艳就好像是蕴藏着一种邪毒的东西呢。

"这里看去,那垂枝樱的花儿好像是从天上飘下来的呢……"刚进入南庭,那垂枝樱整棵树犹如托着一座火山似的蒸蒸朝上,现在来到池前,再看那垂枝樱就好像春天的残阳,鲜血般地朝下滴泻着呢。

"园山公园的垂枝樱,你去看过了?"

淳子并没有察觉游佐的心思,提了个毫不相干的问题。

"昨夜,回店里时去看了一下。"

"很漂亮吧?"

"好像夜里起火似的。"

忽然,淳子轻轻地笑了起来。

"樱花,像起了火似的?"

"远远望去,天空一片通红,真的像着了火似的呢。"

东京出版社的老板游佐对京都东山南禅寺附近的料亭"泷紫"很是中意,便与那店的老板娘菊乃有了交往,渐渐地看上了老板娘的女儿淳子。在这小说中,鸭川岸国的樱花,平安神宫及彩灯夜晚圆山公园的垂枝樱,以及常照皇寺和真如堂的樱花,我都搬了出来。

另外还描写了不少京都赏樱花的有名场所。

譬如通向东山银阁寺的甬道,哲学之道及水渠边的樱花,还有野村别墅附近幽静的樱花。再往西行那岚山,嵯峨野的樱花,再折向南面那城南宫的垂枝樱,令太阁秀吉着迷的醍醐寺的樱花。再有那经过宇治川堤到平等院路上的樱花,以及向北而去那三井寺至琵琶湖畔,那里的海津大崎的樱花,比敷山迟开的樱花,等等。各种樱花争奇斗艳,风情万种,要全部观赏齐全得花一个月的时间呢。

正是这京都特有的"樱花常开"的豪华、艳丽景色,吸引着那些赏花人如过江之鲫般从四面八方赶来。

当然,京都的樱花不只是美丽、华贵。

染井吉野、垂枝樱与其他地区的樱花也没什么本质的不同，开放时都是一样不顾一切。

那么，为什么京都的樱花会如此惹人心悸呢？

回答是京都的樱花占尽了好的地势。换句话说，大城市，特别是东京，樱花都没占到好的位置，所以也就没能发挥出它们的魅力来。

例如那些高楼大厦夹缝中的樱花，那些沉寂雪白的粉墙前的樱花，那些工地现场的樱花，等等。不管这些樱花怎样尽心尽力地展枝争妍，也还是不能引起众人的喜爱与注目。

在大城市，在那种环境及场所，被无情地淹没了的美丽樱花，真不知有多少啊！

与此相比，很明显京都的樱花占尽了天时地利。

例如东山一带的樱花，背后是苍翠的松林，依依的垂柳，前面是起伏的青山，周围又有不少著名的寺庙、神社及古迹名胜。再有那河畔溪边，渠旁堤上，山清水秀更能衬出樱花的风致来。

另外，在夕阳西下的晚霞中，茫茫夜色的月明下，早春的拂晓里，晨雾的彩霭间，这京都古城的樱花都有着其仪态万千的风姿，它那潜在的妖艳、华丽，实在能将人惹得心气浮动不能自已。

当然，对这樱花的美，也有人反感，有人讨厌。

譬如那樱花不顾一切地怒放，会使人感到忧虑，花开的时间太短,会使人感到焦躁不安。

甚至还有如利休①之类的人禁止在茶道插花时使用樱花呢。即所谓"茶室太庄重,樱花不宜活"的传统说法。

也许这些都是很正常的现象,本来就是,樱花因为太美了,反而会引起有些人的厌躁和不安呢。

因为美,受人赞叹,受人爱怜,受人奚落,受人厌烦,同时,受人这么多的关心,樱花实在值得骄傲呀。

而且,可激动人心的是,樱花开放时美丽,凋谢也十分庄丽,能够触发人们各种各样的感想。

自古以来,日本人就钟爱樱花凋谢时的情景。那凋谢时的庄丽、绚烂、悲惋、哀凉,是其他花卉所无法比拟的。有一个形容樱花凋谢的词叫"花岚"。这真是太贴切了,一阵风过,路上、水边,便转眼铺满了樱花,一夜之间变成花路、花河的情景,我想大家应是屡见不鲜了吧。

夜幕中凋谢的樱花更是可歌可泣。

记得有一次,我住在高台寺附近的旅馆里,夜时开窗户,飘飘洒洒的樱花瓣便飘进了屋里,无声无息地飘到床上,飘到枕边。此情此景使我真如进了一个幻想的世界,情不自禁地观赏

---

① 利休全名千利休,传说是日本茶道的创始人。

着那些花瓣,许久许久不能入睡。

后来我写小说《失乐园》时,在女主人公的裸胸上散落了几朵樱花,让去吻她乳房的男主人公先吻到樱花,这段描写就是回想那晚在屋里观赏飘进屋来的樱花而产生的灵感。

当然,小说是表现人性的,这小说中的樱花,也当然是有着相当的寓意的。

京都的樱花风情万种,妖艳迷人,如果我没看到这样的樱花,我的京都题材的小说,也许就不会写得那么深邃,那么感人吧!

原宿——魂牵梦萦的地方

高中二年级,我十七岁,冬子一身学生服,童花头,天真烂漫地出现在了我的面前。

全班50多名学生,男生女生大约各占一半。在全班的女生中,冬子是出类拔萃的,她的美丽使当时初次体验男女同一教室上课的我感到不敢正视的炫目耀眼。

这么说倒不是指她的打扮和长相有什么特别。听说她的母亲是秋田人[①],她的脸蛋和身材确实都十分小巧,雪白的肌肤,就像深山里的蟹爪兰,给人一种文静、淡雅的感觉。

也许是天顺人意吧,班级排位子时,冬子排在了我座位的斜

---

① 日本人普遍认为,秋田是出美女的地方。

对面,又正巧她家住得离我家很近,上学、放学时常会同路。

据说男女同一教室上课的好处是利用男生的自尊心,使他们为了不被同班的女生看低而拼命地学习。

这也许不错,我自己确是如此,学习十分用功。当然,上课时的目光除了黑板,还时时地朝冬子的方向游移不停。看到她怔怔地看着窗外,便会猜测她在想什么。看到她屈背伏在课桌上记笔记,便会情不自禁对她学生服下露出的白色内衣瞟上几眼。有时还会痴痴地思索,那女性的学生服为什么会这么短呢?这或许是设计者有意想让女学生举手或弯腰时露出里面的内衣吧。当然在我眼里,这么多女生中间,冬子的内衣是最白最白的。

也许是理所当然的事,班里的其他男生也都喜欢与冬子交往,想方设法去接近她的大有人在。其中有一位 R 男生,看上去有点流里流气的,不在我们班里,却时常下课跑到我们教室外隔着窗对冬子大声叫喊:"好漂亮的妞啊!"对方也许是在想方设法讨好冬子,可冬子对他的作为却始终反应淡淡的,脸上的神色也漠然无视的。

说实话,我就是喜欢从侧面看冬子那漠然无视的神情。

冬子平时话不多,女同学们聚在一起,她也不太谈笑,多数时间是默默地听着别人讲话。这么说不是冬子不会说话,该说的时候她会毫不犹豫地表达自己的主张,话不多,往往只有轻轻的一句,但分量很重且切中要害,每当此时,便会使人从她那文静的外表里感受到一种刚毅、坚强的性格。

表面文静、淡雅,内里刚毅、坚强,这样的冬子真是将我迷得神魂颠倒了。

可是,我与她的关系始终亲密不起来,始终没能超出一般同学的关系。

究其理由,首先是我自己太幼稚,没有向她靠拢一步的勇气。

说心里话,我是十分想与她产生一种关系的。我说一种关系,不是那些男女之间的什么关系,而是一种心心相印的精神关系。有这种想法,实际是我少年期的一种独特的情愫和童贞少年对性的一种不安的表现。

然而,我心里却始终在寻找着机会,想对她说一声"我爱你"。教室里无人的时候,上学、下课回家的路上,还有图书馆里,有时冬子也会来到我的身旁。她当时称呼我为"阿淳",这么亲切的称呼可见她对我是有好感的。

但是自始至终,我还是没能对她说出那句心里的话,这是为什么呢?

现在回想起来,总有一个身影浮现在我的眼前。

村田裕介,是高二下半学期从别的学校转校过来的,他借住在冬子的家里。冬子的父亲原来在三菱所属的公司工作,后来退职在家,便将自己家里空余的房子出租给以前同一公司人员的孩子住,村田就是其中一人。他高高的个子,长得很神气,成绩也很好。

村田在班里和我关系不错,我对他也有好感,交上朋友后去他住所玩,便察知他心里喜欢冬子,冬子也对他抱有好感。

这么认为,当然也没什么根据,只是当时一位少年的直觉而已。

他们两人住在同一屋檐下,可以说是朝夕相处,我硬要挤进去是不会有什么胜算的。我这么提醒着自己,不由感到心灰意冷。这时,又一位女孩出现在了我的面前。

她就是我同班同学,加清纯子。

"给你庆贺生日,下午五时在薄野的'米兰特'等你。"

她突如其来的一封信,使我扭扭捏捏地去了咖啡馆"米兰特",同时也使我们俩终于有了单独在一起的机会。

纯子是我同班同学,可当时已是一位颇有名气的天才少女画家了,她的作品在北海道和东京的画展上都有展出。白白的脸蛋,大大的眼睛,平时总喜欢穿鲜红的大衣,鲜红的皮靴,头发却是染成茶色的。纯子性格开朗、奔放,时常深更半夜地在咖啡馆、酒吧里与一些画家、记者,所谓的文化人厮混。据说还与这些画家、记者有着暧昧的关系。学校上课老是缺席,有时来也总是早退,老师们也不知是因为她天才少女画家的身份还是别的什么,总是对其放任自流。

老实说,不管她有多么天才,我心里对她还是不屑一顾的。只是会画几笔画而已,高中生毕竟是学生,这样无规无矩的太不像话了。

所以我对她的态度一直是冷冷的,但仅仅是一封信,便将我对她的不满一笔勾销了。

或许青春少年,情感本来就是这么易变、脆弱的吧。那天被纯子约去了咖啡店,夜晚两人走在路上,突然她对我说道:"亲我一下。"于是便有了我平生第一次与异性的亲吻,于是少年的我的感情一下子倾向了纯子姑娘。

关于我与纯子以后的交往,本书第一篇《雪之阿寒》中叙述得很详细了,这里不想再重复。

与纯子相好后,我对冬子的思念便迅速地减退,满脑子里只有纯子一个人了。当然冬子对此也很清楚,但她始终避免在我面前谈起此事,我们平时还是常常相见,她也还是文静地给我一个甜甜的笑。

高中三年级秋天,我与纯子的恋爱仅仅一年便结束了,这半年后的冬天,纯子便在茫茫雪原的阿寒山里找到了她自己的归宿。

天才少女画家的标签,逼着她无时无刻不高度地紧张,拼命地粉饰自己,纯子是太累了,她只想找回原来的自己。她在雪中找到了真正的自己。

纯子的死,给人留下了许多值得思考的问题,然而冬去春来,我与冬子都高中毕业了,我考入了北海道大学,冬子进了三菱所属的公司工作,至于纯子,只有深深埋在我的心里了。

上大学后,我还见到过冬子好几次,当了女职员的冬子比以前更具风采,更加美丽夺目了,但秉性的文静、内秀也还是一点没变。

也许是接触过热情奔放的纯子的缘故吧,冬子文静、内秀的性格更使我心驰神往,然而,与以前一样,我还是没能将自己的感情向她表白。

与纯子有过那么一段恋情,现在在冬子面前就更难以说出"我爱你"的话来了。这也许是一个原因,但同时,冬子那始终不变的、淡淡的、大方而庄重的态度,在我看来似乎是有意在责备我的过去,所以我就更没勇气向她表白自己的心事了。

"如此这般,冬子在我一生中,始终只能是可望而不可即的了。"

我的这种预感很快就应验了。不久我升入医学系,四年级时得到消息,冬子已与和我同校的在工学系学习的村田订了婚。

这消息是冬子的朋友告诉我的,但她语调淡淡的,似乎此事早在意料之中,使我心里十分不是滋味。

既然早就预料到了,为什么不早对我说?冬子是常见到的,村田在同一所大学也常常见到,为什么他们都不对我说?一种自己自作多情的悲凉情绪油然升上了心头。当然我并不记恨他们两人,我只是悔恨自己的幼稚与反应迟钝,同时心里也暗暗地下决心,冬子的事情是一切都过去了,一切的一切赶快忘记吧。

然而,命运就是不以人的意志为转移。

以优秀成绩毕业,进了关东一家一流电器工厂工作的村田,才过了一年便得了白血病逝世了。当时冬子是怎样的心情,她怎样面对这突如其来的打击,我一点也不知道。

不过,一年后,冬子只身到了东京,进了原宿的一家叫"帽子沙龙"的制帽学校学习。

临去东京时,她来向我道别,但只字没提村田的事,依然是用淡淡的表情说道:"我们,将暂时不能见面了呀。"

听了她的话,我一瞬间感到冬子原来对我还是有着一种别样的感情的,然而我还没回过神儿来,她又说了一句:"保重身体呀！"便起身告辞了。

去了东京,她一心一意地扑在了制帽学习上,看上去很简单、其实很复杂的制帽工作对文静、朴实的冬子来说,也许是十分适合的吧。

我时常想念她,给她打电话,也曾给她写过几封信,心里想着像她那样的姑娘,在东京很快会找男朋友吧。

可冬子给我的回信或电话里,好像完全没有这回事。不久,我终于当上了医生,趁着参加学术会议的机会去东京,曾经找过冬子几回。有一次还去了她原宿附近的住所。她住的是两间房间,一间里尽是熨斗、纸样什么的制帽工具,可以说是她的工作室吧,另一间则是她的寝室。

那天夜里,我们俩一起吃了晚饭,天开始下起雨来。想到明天还要到新宿去办事,便不知怎么地竟大着胆子对她说想住在她那里。

稍稍地犹豫了一下,她马上点了点头说道:"这么窄小的地方,你不嫌弃的话,我没关系的呀。"于是那晚她将寝室让给了我,自己在外面的工作室里过了一夜。

那天晚上,我俩谈到很晚,还喝了些威士忌,但各自睡下后都平安无事。翌日一早,冬子为我准备了蔬菜色拉和面包,我吃了后便辞别她出去办事了。

出了冬子家门,一个人走在路上,不由地胡思乱想起来。

昨天夜里,我如果向冬子表白,冬子会是怎样的反应呢?不对,我为什么不向她表白呢?扪心自问,感到当时好像有一种无形的东西在困扰着自己。

很久以前,我就爱上了冬子,然而一直不敢表白,也许正是这么长时间的思念与压抑,使我失去了向她求爱的勇气与动力。

做什么事都讲究机会,恋爱当然也一样,失去了这机会,失去了这时机,即使是炽热似火的恋情也只能停留在平平常常的友情上面了。

当然,还有冬子那始终无所欲求的淡淡的态度,还有她那坦然处之的表情,实在不容人对她有什么非分之想。同时也将我对她的满腔热情,堵塞得一点不敢表露。

好容易两人能有这么纯洁的友情,不能随便亵渎才是,这样两人的友情才能天长地久;冬子是十分重友情的人,这样对我们俩最适合了。想着这些,我当然也就不敢再有非分之想了。

还有我的脑子里始终拂不去的是村田的影子,他死了,我去夺他的恋人,实在显得不够绅士。而且我还有一种预感,如果强求冬子,她也许会相许,但以后她的感情一定会一泻千里的。

什么叫一泻千里呢?说起来,这人的感情是一言难尽的。简单说来,至今为止在我面前始终保持着洁身自好、清欲寡念的冬子,如果一旦被我撩开这层面纱,她里面的委屈、痛苦、悲伤、忧愁以及包括她对村田的感情便会一股脑儿地朝我泻放出来。

所以从这一点考虑,我与冬子的感情,停留在友情的地步上,便能使她继续保持冷静,能使我俩彼此的青春显得更加光辉,我们的友情也能升华到一个更高的境界。

我对自己这么解释着,便心平气和了起来。

岁月流过了将近三十年,冬子与我的关系始终是那么纯洁无瑕。

冬子以后成了帽子沙龙的教师,有着自己的工作室,现在也还在勤奋地工作着,只是依然孑然一身。

为什么不结婚,这也许不是他人所能臆测的问题,也许冬子的活法,对她的性格是最适宜的了。

另外,我自己经过了无数的人生遭遇,但对冬子的感情至今还是一点没变的。

这是因为我与冬子的友情是纯洁的,没有让那种男女之情污染的缘故。

不,也许现在再来解释什么缘故显得太没必要了。

重要的是,每当我站在原宿的大街上,看到那高级时装店里陈列着的帽子,便会想起冬子,她那雪白的、淡淡的、令人不敢贸然的侧影,便会闪现在我的眼前。

原宿,是很适宜冬子的地方。

美丽、洒脱、清澄、才华横溢,而表面上淡雅、庄重,这就是真正的原宿。

各种各样的旋律,会唤起人们对过去的回想。站在原宿的街头,也自然而然地会思念起昔日所爱慕过的人。潇洒的原宿车站,山毛榉树茂盛的原宿街道,这一切的一切,对我来说都能勾起我对冬子的思念。

啊,原宿,令人魂牵梦萦的地方。

魂断轻井泽

这是个疯狂地相爱,最后共赴天国的地方。

平成七年(1995年)九月我的小说《失乐园》在《日经新闻》连载时,我就时时思索着这个地方。

本来我并不太注重构思完整后才动笔的写作方法,我写小说动笔前只有大略的一个故事框架,具体细节并不太多考虑。推理小说我不懂,但写男女恋情的言情小说,往往许多细节在写作过程中根据情节临时信笔拾来,这样成功的概率要大得多呢。

这也许是写言情小说最难的地方,当时写《失乐园》时也一样,我只是粗粗定了一下男女主人公最后自杀的结局。

在小说连载过程中,不断有人问我:"这两人最后会有怎样的结局呢?"

对这个问题,我总是只有一句话:"一定有个好结局。"

听了我这个回答,十个人中有十个人是相信小说中两人最后会幸福美满的。

我对他们的这种理解只能不置可否,他们所以为的幸福美满也许就是结婚吧,然而小说的结尾却使这些人大感意外。

老实说,随着自己的年龄增大,我并不能苟同幸福美满即结婚的世俗看法了,当然也压根儿没有写这种小说的打算。

如果真是结婚便幸福美满,那么现实生活中无数对男男女女该是非常幸福美满的了,他们应该整天笑容满面才是呀。

但现实是,有不少人结了婚却整天表情暗淡,唉声叹气,倦容满面。如此看来,结婚并不能说是幸福美满,或者说结婚是件十分累人的事情才对呢。

不管怎样相亲相爱,一旦结婚,生活一稳定,相互间就会产生推诿、任性,由此而进一步生出惰性、倦怠来。

那么,真正的幸福美满是否存在呢?男女之爱情能否永久不变呢?

考虑再三,只有一个结局就是让爱的顶点发生在两人生命的完结之时。

"在这世上,生命要保持永恒,爱情要保持纯洁,这最完美的表现除了死是别无他法的。"

这名言是近松(江户时代歌舞伎剧,净琉璃的作者)得出来的。从这俗世上逃开毅然选择死亡,这不是失败的逃避,是追求永生的积极进取。

确实,男女爱到极端便一起自杀殉情,这有点旧时社会的色彩,要使它为现代人所接受,想来想去只有如小说《失乐园》中结局的那种办法了。

一般说来,考虑自杀殉情的地方,首先便是寒冷静谧的北方地区。

譬如,晚秋的阿寒湖和支笏湖,或者这些湖畔的丛林山间,最好有一幢独立的小房子。说是北方,并不一定指北海道,东北、北陆地区,或者山阴等那些临海的静谧地区,再有些树林环抱就更好了。

这样想着,在小说连载中我开始寻找这么一个地方,但却没有中意之地。

这种场合,最难的是当事者两人即使是视死如归,将死看作得到幸福的最高境界,但对局外人来说,这毕竟是件煞风景的事情。

所以,我如果将两人的自杀场所放在北方什么湖畔的宾馆里,那么那些地区的宾馆便会使人联想起有人自杀过而对其敬而远之吧。

当然,我可以随意臆造出一座子虚乌有的宾馆来,但这样就缺少真实性,难免使小说给人一种牵强附会的感觉了。

如果将两人自杀之地放到国外,那么必须有许多出国的铺垫描写,这样小说情节就会拖沓,失去紧凑感。

如此反复思考,最后决定将两人自杀的地方放在离东京几小时路程,但又要使人信服,符合人物浪漫性格的地方。

这样绞尽脑汁,终于想到了轻井泽这个地方。

众所周知,轻井泽离东京车程两小时(1997年9月新干线通车后时间缩短了一半),从明治时代开始,这里就是有名的避暑胜地。最初游客大都是外国人,渐渐地,财界巨头以及各界名士都在那里求田问舍,盖起了不少别墅。而且这地方林木丛生,青苔掩石,东京地区来这里的游人很多,所以一些旅馆历史悠久,印象中是个上层社会名人雅士聚集的高级地区。

除此之外,还考虑了伊豆、房总、奥多摩、日光、箱根等地,但比起轻井泽总有些不足之处。

或许,我将小说中男女殉情自杀的场景放在我自己喜欢的地方,住在轻井泽的人会感到不可思议,但我确实是喜欢轻井泽附近的那一片片修长整齐的落叶松林,以及浅间那雄伟的远景,而且真的是因为喜欢,那个地方才是我最终决定的选址。

另外还有一个因素,就是小说中男女主人公对死的憧憬,这种埋在他们心里的情绪,需要有外在的环境来表现,一定要找个雄伟壮观的自然场景,才能将他们俩的死衬托得更加鲜明壮丽。

这就更坚定了我选择轻井泽这地方的决心。

在那林木幽深之处,有一幢别墅,就是在那里,两人紧紧地拥抱着,共同迈向那理想的极乐世界。

想到这里,我小说的结尾也就渐渐地明朗了起来。

选择轻井泽作为我小说男女主人公殉情之地,还有一个原因是不能否认的,这就是有岛武郎与波多野秋子也是在那里殉情自杀的。

大正十二年(1923年)元月,当时文坛的宠儿有岛武郎与《妇女公论》的美丽女记者波多野秋子,就是在轻井泽他们自己的别墅里自缢而死的。那时武郎四十五岁,秋子三十岁。武郎七年前丧妻,有着三个幼小的孩子,秋子也有她自己的丈夫。

作家与女记者相爱并不稀奇,但爱到一起去死,这实在是古今罕见的。

这两人为什么要选择死亡呢?

近松的小说中曾经描写过恋爱自杀的情节,但那是书中人物为生活所迫,男女身份悬殊,为世人所不容才被迫自杀的。可武郎与秋子却没有这些苦恼,至少在外人看来,他们俩没有什么定要选择死亡的理由。

查一下武郎临死前的日记,记着这样的话:"现在,我们两人感到了绝顶的幸福,因此决定去迎接死亡。"

不是为了金钱,不是为了道德,只是为了绝顶的幸福,才走向死亡的。

如果说,现代的为爱情而抛弃生命,这两人便是最典型的例子了。

然而,他们的死毕竟太壮烈,太凄惨了。

他们俩是在别墅的横梁上并排吊死的,死后也没人去,所以遗体就一直吊在那里。

一直过了一个月,别墅的管理人员去那里才发觉,但由于正逢梅雨季节,两人的遗体已完全腐烂,从头到脚蠕动着无数的蝇蛆,不断地朝下滴着脓水。

现在两人缢死的别墅还在,叫作"净月庵"。本来那别墅是在别的地方,后来当地的人将它移到了盐泽湖畔,保存了下来。但两人自杀的那个房间却被拆除了,这是为什么呢?

也许两人死得太悲惨,人们是实在不忍再想起那情景。

再去轻井泽的老街三笠宾馆附近,平缓的斜坡一百米外,有一块"有岛武郎古居"的石碑,这便是有岛武郎自杀的别墅的原址了。

我去那里时,正好也是梅雨季节,淅淅沥沥的雨中,四周的树木、杂草湿濡濡的,显得格外地葱郁。在这样的环境里,联系到武郎的死,心情不由地沉重压抑起来。

也许感到武郎与秋子的死太凄惨了吧,我在小说《失乐园》中尽量将男女主人公的死描写得华丽庄美一些。

首先两人自杀的房子不是古色古香的旧别墅,而是选了一处现代式的豪华的房子。

我心里是感到,死要死得壮美、华丽,房子是衬托,当然要与此相适应。正好我有一个朋友在轻井泽有一幢小洋楼,于是我便以那洋楼作为蓝本,从初夏的梅雨季节到风吹落叶的秋天,我好几次去那小洋楼,有时住上几天,脑子里一直在酝酿着男女主人公死的情节。

有时我去落叶松林中散步,去附近的万平宾馆喝上一杯咖啡,有时开车风驰电掣地去鬼押出,然后从那里眺望雄伟的浅间山,眺望那围绕在山间的云彩和风烟。

有时,专挑那黎明、晨雾缭绕时分,去那洋楼里。此时朝霞映着无数的落叶松林熠熠生辉,时而有几只猴子与松鼠出没林间。到了傍晚,大气渐渐透出寒意,暮色朦胧中,静静地眺望那远处的街灯,慢慢地林中更暗了,在那夜幕遮盖下的树林里,即使落下一片叶子也能听见,整个森林静谧极了。

城市、森林、山峦、湖泊,一切的一切都被夜吞没了。这时静下心来,想象着决心去死的男女主人公的心境与情感,耳边就像真能听到他们心灵深处的声音一样。

死的地方找好了,可死的体验,作为作家却是不能亲身况味的。这只好尽心地去揣摸思考了。所以,我那一次次去轻井泽的小洋楼,每次去的心情真好像自己要去死一样,带着这样心情,在那里迎来朝阳,送去晚霞,从中体会着、酝酿着、想象着小说中人物的各种细节。

不可思议的是,当我提到死的时候,自己真的会有一种去死的感觉,用这种眼光去看周围的世界,一切的一切都会显得生气勃勃,充满着生命的朝气。

即使是毫不引人注目的一棵小草,或是庭院里小树上掉下来的一颗果子,一下子都有了意义,都会使人感到生命的存在与可贵。

《失乐园》连载到后半部分时,我在轻井泽度过的那几天,真正地感到自己与小说中的人物融为一体了,共同呼吸,共同感受,共同拥抱着这世上无限美好的爱情。

现在,轻井泽又是静谧的晚秋时节了。

现在的晚秋与那时我写《失乐园》时的晚秋没有什么两样,

淡淡的秋阳,还是充满着爱的温暖的吧。

那时,在那静谧之中,我真正地感受到了爱情!

所以我能写《失乐园》,所以我能将小说中男女主人公的死,写得那样壮丽生辉。也许带着必死的决心,所看到的世界便更加充满生气,更加熠熠生辉吧!

令人忧伤的南纪白滨

相爱但不能如愿的事,世上也确实是有的。

如果结婚就非此人莫属,但最终却没有如愿,梓与我的关系,也许就是这么一种类型了。

为什么不能如愿以偿呢?

这理由,现在要去究明也没有什么意义了,那毕竟是三十多年以前,非常遥远的事了。

但我们没能结婚是不争的事实。

要说"为什么……"真是不堪回首,理由是十分痛苦的。

首先是我俩离得太远。

我们相识时,我刚从医科大学毕业,在东京的医院里实习,梓则在新桥附近的一家公司工作。我二十四岁,她二十岁,所谓十分引人注目的白领丽人。

我俩交往了一段时间,我便感到她是我合适的结婚对象了,但是才半年不到,也许是东京的单身生活不能习惯吧,我患了结核病,故乡的父母也一再催促,我只好匆忙地决定回到札幌去了。

离开东京时,我向梓发誓永远不会忘记她,但并没有提结婚的事。

说心里话,当时我的脑子被生病的事、回札幌后新的工作医院的事、报考医生资格的事等等,塞得满满的,没有多余的精力去考虑结婚的事。

回札幌半年后,我考取了医生资格,结核病也由于采取了先进的化学疗法很快痊愈。这期间,我与梓有着信件来往,应该是可以考虑结婚的事了。

而且,我回札幌一年半中,她来札幌看过我一次,我也去东京会过她一次,如果我那时当机立断向她求婚,她是会答应我的。

但是,我却没有做到这一点。

理由有几点,其中一点是我当时在读研究生,要靠父母生活。另外,又认为东京出生的梓是不会习惯北海道寒冷的环境的。还有,梓要是真的作为我妻子来札幌,她那东京的小姐脾气是否能与我北海道土生土长的母亲相处得好？因为这东京与北海道的差距实在是太大了。

我心里的这些顾虑,也曾经写信向梓透露过。她只是来信说她父母催她赶紧结婚,心里烦得很,现在想来,其实是要我赶快确定与她的关系,可我却依然优柔寡断,糊里糊涂过了一年,突然有一天收到她的来信,说她已决定结婚了。

怔怔地呆了好半天,才感到失去了一件珍宝似的心里悔恨不及。

为什么不明朗态度？如果明确与她结婚,她是一定会等我的呀。

她离去了,才顿时感到她的可贵。不由地后悔自己自我感觉太好了。

可是后悔已经来不及了。

又过了三年,我也结婚了,梓的事情就暂时藏在了心灵深处,开始了新的生活。

我再次与梓相逢,是结婚四年后三十五岁的时候。这时我已是真正的医生,为了参加学术会议,经常去东京出差。

每次去东京,我会情不自禁想到梓。但彼此都已成家立业,联系就不便太密切,但每年也还是有几次通信的。

从信中得知她丈夫经营着一家小公司,他们已有了孩子。

第一次去东京,心里想着与她联系,但犹豫再三还是没联系;第二次去东京便忍不住给她打了个电话,约在我下榻的宾馆见了面。

八年不见了,梓比以前清瘦了,作为一个妻子,看上去有些淡淡的愁绪,但反而更显出一种雍容的气质。

我首先因为自己的优柔寡断而没能与她结婚,向她表示歉意,同时又表明了自己对她依然如故的思念,接着大家便谈起了各自的婚后生活。

于是我知道她虽说结了婚,也有了孩子,但与她的丈夫还是总有些说不出的不和谐。

她没有说这是由于我的原因,却激起了我对她的旧情复燃。

我大着胆子邀梓去我房里,她犹豫了一会儿还是跟我去了,于是我们又似以前那样,亲亲热热了好一会儿。

现在想想,我们俩可以说是"共同乱伦",但因为我们以前曾相爱过,久别重逢,产生激情也实在是自然而然的事情呀。

这以后,我有机会去东京,就一定找她相见。

不过真正与梓频频约会,热恋如初,却是我辞去札幌的医生工作,正式到东京后的事了。

特别是昭和五十年代,她孩子也大了,我们相见的次数也就更多了。

那时,梓凭借自己对插花艺术的喜好,经过努力,正式取得了花道的教师资格,而且对和服也非常有研究。

仔细想想,梓真是个不寻常的女性。

表面上就像穿着和服的样子,楚楚婷婷,但内里却十分坚强,而且处事十分大胆果断。

要与我约会,怎样找机会呢?白天还好说,晚上,特别是要过夜,她又是怎样向家里交代的呢?

这一点,梓没向我说过,我也不便问她,但感觉得到她是说为了插花或和服的事去出差,以此为理由在外与我过夜的。

尽管是这样偷偷找借口跑出来的,但她的打扮始终是衣冠楚楚,整整齐齐的。

梓的脸并不算美丽,低低的额头,而且是单眼皮,但气质却十分雍容,始终透着一种迷人的风情。

身高一米六十,瘦瘦的体态,骨架很小,但还是显得很丰满。

她穿西服很不错,但穿上和服就更能衬出她的气质。

她娘家在东京郊外,她是个旧时的商贾家庭小姐,从小受着良好的教养,一举一动,一颦一笑都显得颇有大家闺秀的气韵。

我也许喜欢的就是她的这种气质吧!

于是,我在准备一个新的连载小说时,将主人公的模特便集中在了梓的身上。

内容当然是男女爱情故事,但我是想借着女主人公的形象,唤起那被人们淡忘了的日本传统的美来。

昭和五十六年(1981年)三月开始,一年多的时间,我在《每日新闻》连载了长篇小说《一片雪》,就是这典型的作品。连载很受欢迎,以至社会上将书中的女主人公式的人物称为"一片雪人",以后出了单行本,也十分受人喜爱。

我自己也感到这小说写得很顺手,以后一发而不可收,连着又写了《樱花树下》《化妆》等京都题材的爱情小说,也是受这《一片雪》的鼓励而产生的。

现在回想一下,我的这一连串的小说的产生,是和梓的存在分不开的。换句话说,正因为有了梓这样的模特,才使我能塑造出这么多栩栩如生的艺术形象来。

昭和六十年代,到了平成年间①,我们也保持着良好的关系。

相互间时时约会,抽得出时间便一起出去旅游。

严格说,我们这种关系是乱伦,但我们却感到十分自然,一点也不觉得在做什么见不得人的事情。

---

① 昭和六十三年(1988年),昭和时代结束,1989年开始进入平成时代。

也许真正有点狗胆包天,但也许我们心里有一种"本来就应是夫妻,只是没能结婚而已"的想法,所以才敢这么堂堂正正地相敬相爱呢。

"最最相爱的人不结婚,而是在各自想见面时便见面,这也许是男女爱情的最佳方式了吧。"

我们俩都是这么认为,这么笃信的。

我们俩的关系开始出现阴影是在五年前的秋天。

一个月没见的梓,她好像比平时更瘦了,脸色也苍白了许多。

"身体有什么不适吗?"

我这么问她,她回答说,最近经常耳鸣头痛,去医院检查发现耳朵里有肿瘤,医生要她动手术。

如真是肿瘤,那手术要快,我看她还在犹豫不决,便急切地劝她快动手术。

结果,梓在一个月后动了手术,病情基本稳定了下来。但额头到耳朵上边却留下了一道长长的伤疤。她好像对此很在意,从此头发便垂了下来,有意将那道伤痕掩盖得严严实实。

梓四十五岁以后,便时常在我面前自嘲说:"我已是老太婆了,你可以去找一个年轻的姑娘了吧。"动了手术以后,她的自嘲更几乎成了自虐,总是悲凉地自怨自艾,顾忌着脸上的伤疤。

我当然不会在乎她的伤疤,对她的病情好转还十分高兴。可一年左右,她又感到耳鸣,医院说是那肿瘤复发了。

而且明确了那肿瘤是恶性的,放任下去会有生命的危险。

医生要她再做手术,但她却顾忌着伤疤是否会扩大,平时也总是"我不行了,我不行了"地悲观失望,老是哀叹不已。

我当然拼命劝她再动手术,鼓励她不要灰心丧气,但她的精神状态却是急速地恶化了下去。

为了不再动手术,她找了好些民间的秘方,花了不少的钱,但丝毫没有疗效。于是,不安与恐慌就更时时折磨着她了。

这期间,我打了好些电话给她,但她总是说自己瘦得干瘪,老太婆似的,不像人样了,始终不肯见我。最后干脆悲凉地恳求我:"将我忘掉吧!"

"不管怎么说,赶紧动手术才是!"我几乎是强迫性地命令她的口气了,她才喃喃地答道:"好的,我去动手术。"这便是她留给我最后一句话。

那以后,我写东西、讲演什么的忙得不亦乐乎,但心里记挂着梓,抽空打了几次电话,但都没通。

果然是住院动手术了吧。这么解释着,又过了几天,心绪不宁,又打了电话。

但还是没有人接,接下来的五天,我是天天打电话,天天没人接。心里不甘又接着打,突然有人接了说是她的丈夫,于是吓得我赶紧搁下听筒。又过了几个小时,再一次打电话,这次来接电话的是个女的,声音酷似梓,但年轻了许多。

我踌躇了一下,想到也许是梓已经出嫁的女儿回娘家来了,于是便试探问道:

"是小姐吗?"

"是的……"

她十分警戒地回答着,反诘道:

"您是谁呀?"

我轻轻地将名字告诉了她,电话里一下子陷入了沉默。过了一会儿,"是先生您啊",她又小心地问了一声。

我只告诉我的名字,但她马上似乎什么都知道了似的,我感到有些不解。她又沉默了一会儿,终于低低地嘟哝道:

"妈妈,过世了……"

突如其来的声音,我真怀疑自己的耳朵,赶紧追问一句,她的回答还是相同的话。

"五天前,妈妈在和歌山的海边投海自杀了,遗体已经找到了,葬礼也结束了。"

五天前,正是我感到心绪不宁的时候。

"她没有去做手术吗?"

"妈妈,不肯去医院,而是去自杀了。"

梓自杀的地方是在南纪白滨的一个叫三段壁的海边,那地方经常有人自杀。她以前曾跟友人去那里旅游过,所以是很熟悉的地方。

这次她临走对女儿说:"住院后不太有机会出去了,所以想一个人去旅游一下。"女儿也没感到什么反常,但没想到她会一去不复返。

事后才知道,梓是深夜十二时以后,在旅馆附近叫了出租车去的三段壁。出租车司机也感到有点不妙,所以特意说:"这一带很危险的,我车子等你一起回去吧。"可梓却坚持说:"不要紧的,你先回去吧。"将出租车硬是打发了回去。

那以后,在那漆黑漆黑的暗夜里,梓在那断崖上到底待了多久呢?

没有人知道,直到翌日早上六时,当地的人看到断崖下有女性的尸体浮在岩石丛中,才报警。

"真没想到,妈妈会自杀。但是妈妈最怕再动手术会更加破相,也许她是不堪如此才去自杀的呀。如果当时,我们多安慰她一下,也许也不至于这样……"

我满脑子嗡嗡作响,默默地一声不吭,终于梓的女儿又换了一种确信的口气,轻声说道:

"不过,妈妈是个坚强的人,她的死是符合她的性格的。"

听了她的话,我才感到有些可以理解,微微地点了点头,不由地低声问道:

"你怎么知道我的呢?"

"我早就知道您与妈妈的关系了。"

我真是吃惊不小。接着她又说,她懂事时就知道妈妈在外面有情人,为此她心里一直不好过,直到进了大学,她母亲终于将一切都告诉了她。

"妈妈临走时,将您给她的信件什么的都烧了,这事就我知道,爸爸是一点也不知道的,您放心就是了。"

最后,我终于忍不住提出了个请求说:

"我不能直接去吊唁,请允许我送一束花去可以吗?"

于是梓的女儿将她自己家的电话号码告诉了我,说直接去父母家送花不方便,让我将花送到她的家,由她代表我趁她父亲不在时供在梓的灵前。

"那么送白色百合花好吗?"

我征询着梓女儿的意见,她的口气终于缓和了许多,微微地叹道:

"果然您是知道妈妈的呀,妈妈最喜爱白色百合花了。"

那以后,我送花去时,顺便寄了一本《一片雪》的签名本给梓的女儿。

这小说的模特不能说全是梓的形象,但主人公外秀内刚的性格还是与梓十分相似的。

梓的女儿马上来了回信,说这小说在报上连载时,她就感到主人公霞有不少地方像她母亲。

信中最后写道:"您送来的花也供在了母亲灵前,母亲一定是十分地高兴的呢。"

梓逝世已有五年了。

好些事情随着岁月的流逝渐渐地淡漠了,可也有好些事却越来越鲜明起来。

具体说来,就是梓的形象淡漠了,但梓的气质性格却越来越鲜明了。

梓已不在人世,可看到某人的有些举动便会突然感到:"这不是梓吗?"

音容笑貌已经不复存在,但她的姿态气质却时时在我周围被发现,所以说梓还是时时地活在我的心里。

梓逝世两年后的夏天,我终于鼓起勇气去了三段壁。

这地方以前我曾好几次想去,但总没有勇气,所以终于没能成行。

我到三段壁时,正逢梅雨恹恹。层层叠叠的岩石断壁,上面望下去几乎是笔直的直角。

这断崖上,梓是站过的,被冰冷的海风吹过的。这样想着,梓那瘦小的屹立在断崖上的身影便在我脑海里逐渐地鲜明起来。

"是的,梓是站在这里,双眼眺望着天空,毅然地向前跨出那大大的一步的!"

她跨出了那大大的一步,她的身子飘向了另外的一个世界,她的身子溶入了湛蓝的大海,然而,她的身子依然屹立在这高高的断崖上!

暮色溶溶中,我朝那海里撒着梓喜爱的雪白的百合花,心里又一次加深了对梓的理解。

梓在这里找到了她的归宿,真是太好了!

不管怎样的家,不管怎样的床,不管怎样的病房,都是没有这断崖绝壁更适合梓了。这雄伟的断壁下便是梓获得永生的地方。

这么想着,厚重的梅雨云层渐渐地闪开一道缝,耀眼的晚霞将断崖照得熠熠生辉。

瞬间,落日的霞光中,梓的笑靥出现在我的面前,我赶紧轻轻地闭上眼睛,合上双掌,向她深深地鞠下了身子。

后来我在《周刊新潮》连载了小说《瞬间》,这是纯粹为了梓写的小说,以后又出了书。

当这本书付印时,我对梓的思念也似乎有了一个着落。然而,在我的回忆中,梓的形象永远是那样亲切,那样完美!

六本木，可爱美丽的小猫

人与人之间的交往，有时是单方面的，当另一方醒悟过来，两个人的交往已经很深了。

我与麻衣子的交往，也许正可以说是这么一个典型的例子。

我认识麻衣子，是通过她母亲村濑伸江的关系。

伸江那时住在大阪，很喜欢我的小说，通过东京出版社的编辑与我认识了。

作为作家，有喜爱自己作品的读者是十分可贵的。当然有极少的作家感到读者会提出各种令人头痛的问题，而对读者敬而远之。但大多数作家都是十分重视自己的读者的，可以说有了某作家的读者才有某作家的存在。

当然，读者之中纠缠不清、无理取闹者也是有的。记得十五年前,我写作的地方有一位女性,每天都来要求见面,年龄四十五六岁,打扮也挺朴素,头发扎得紧紧的,表情好像有好多问题要求解答。想到她是我第一个要求见面的读者,便让她进了我的房间,但她进屋后坐在沙发上就一声不响了。

看她的神情有些不对头,就询问道:"您找我有什么事吗?"

突然她冲着我说道:"请让我一直待在你的身边。"

真是在开玩笑,我这里来往的客人很多,这么一位陌生的女人待在屋里叫人怎么看我呢?

"你不是搞错地方了吧?"我小心地提醒她道。不料她竟对我妩媚地一笑说:"你说什么呀,不是先生你自己叫我来的吗?"

我怎么也想不起什么时候叫过她,一定是她产生了误会,所以便直截了当地对她说:"请赶快回去。"可这下更令人吃惊了,她一下子凑到我身边,叫道:"你是用电波来叫我的呢,现在也不断有电波传过来呢。"

看来这人是有些不正常了,无法再与她谈下去。这么想着便起身朝隔壁的书房走去,可她却一下子扑到我的怀里。一种恶心顿时涌上心来,不禁用力将她推开,好容易将她连拉带劝地哄出门去,刚松一口气,却发现刚才推拉之间,她竟将我的上衣一只袖口扯下来,拿着走了。

真是倒霉,可她却并不罢休,第二天开始又连着好几天站在门前不走,有客人来她便跟着一起进来,将她推出去,她也不走,最后竟带了一只小椅子来,大大方方地坐在了我的门口。

实在没有办法,我叫来房子的管理员,招来了警察,将她教训了一下,她总算走了,可警察一走不到三十分钟,她又回来了。

这真是不仅将我,将周围左邻右舍也扰得不能安宁。更令人气愤的是,我出门去她便跟着,乘到电梯里她也挤进来,并且厚颜无耻地紧贴着我,弄得我衣服胸前背后满是口红。最后只好请警察帮忙将她带回她家里,送进了医院才总算太平了。

这种极端的例子当然是很少的,但作品一旦发表便会有人对号入座而来责难,更有甚者竟指着我责问道:"你是在我家装了窃听器吧!"

这真是使人啼笑皆非的事情。但作为作家,如果有喜欢自己作品的读者,是件荣幸的事呢。所以,即使有时会碰上令人扫兴的读者也是没有办法的事。

麻衣子的母亲,当然不是那种讨厌的读者。

本来是喜欢我的作品,读了好几本,便萌发了想认识我的念头,于是便托人介绍来的。

初次见面,她自我介绍说是"啰啰唆唆的老太婆,"后来熟悉了,便感到也确实如此。她性格开朗,有家庭,却喜欢整天在外面忙乎,是一个十分热情的"好管闲事的人"。

她平时喜欢组织一些人,开些小型的艺术表演或音乐会什么的。

有一次,她对我说要组织一个我的读者联谊会,我起先只当她开玩笑,可不久她真的召集了将近二十人,趁我去大阪时为我召开了欢迎宴会。这当然是她的好意,但对我来说不能不说是成了一个小小的负担。

她是很敏感的女性,应该察觉出我的心思的,但我只要去大阪及关西一带有事,她总是还要找上门来,一边"对不起,老是打搅您",一边还是邀请我又是喝茶,又是拍照的。

她每次来见我,总是带着她的两个女儿,女儿当然要比母亲矜持,特别是二女儿麻衣子,总是对太热情的母亲报以冷眼。

那时,麻衣子二十三岁,虽不能说是美人,但小巧苗条的身材,白皙的皮肤,总是跟在母亲身后文文静静、羞羞答答的,很讨人喜欢。

"这丫头是一只猫呢,表面文文静静的像大人,可内心很厉害,我是管不住她的呢。"

麻衣子的母亲曾对我这样介绍过麻衣子,后来接触多了,也感到她母亲的话不错。麻衣子确实似一只小猫,表面文文静静,实际却是十分灵敏、聪慧的。

说心里话,我与麻衣子母亲的交往,一半只是为了麻衣子。

麻衣子也许是察觉到了这一点,有一天突然一个人来东京找我,以前她曾在大阪宾馆里工作过,身上有东京一些宾馆的免费住宿券,所以便一个人跑来了东京。

在六本木,我与她一起吃了饭,又去酒吧喝了会儿酒,两人间的关系便十分融洽了。

当然,我是很喜欢小猫似的麻衣子的,她也好像离开了家里,有一种解放感,与我这相差三十多岁的男人在东京这样的豪华都市里相会,有着一种甜蜜的冒险感。

我和她很快就如胶似漆了。于是她每月一次要从大阪来东京会我,我去大阪有事也事先通知她,约好两人单独见面。

当然,她母亲察觉到了我俩的关系,可她并不干涉,一副女儿大了,由她自己做主的样子。

麻衣子虽说不是处女,但对性的认识并不十分老练。温柔亲切地爱抚她,她会很兴奋地激昂起来。但总体来说,她还是像含苞欲放的花蕾,要开出灿烂的鲜花来,还是需要一些时间的。

不过,每月一次,我们相逢在六本木,渐渐地,她确实成熟了起来,同时对东京这个大城市的环境也逐渐地熟悉了起来。

本来麻衣子不是个十分摩登的女孩,衣着打扮也都是普通的衣裙或套装,可来东京次数多了,年轻人的虚荣心便萌发了出来,名牌拎包及服装首饰也开始出现在她身上了。

我看着她的一系列变化,也送了她几件名牌服饰,她更是万分喜欢,时时穿戴这些服饰在东京街头招摇过市。

那时我对她来说,也许是一位可信赖的"长脚大叔"吧。

虽说不能算是乡下,大阪也是个不小的城市,但她只是个极平凡的女职员,能来东京,又能拥有各种流行的高级名牌服饰,对她来说应该是件十分美妙的事情了。我自己也是从北海道来到东京这么一个大都市的,所以这种心情我也是十分理解的!

"真漂亮呀。"

我每次这么由衷地感叹,她总是会露出幸福的微笑,对着我调皮地道谢:"谢谢夸奖。"

与其外表一样,麻衣子的内在气质也开始有了变化。

一开始一个人来东京,总有些惶然不安的样子,慢慢地,来的次数多了,便习惯了,一个人去涩谷、青山、银座什么热闹的地方都熟门熟路的,各种流行的东西也了如指掌了。

她的这种适应性,就如沙吸水似的迅速,这正是二十多岁女性的特有的敏感吧。

另外,麻衣子的身子也切实地成熟起来了。

以前她兴奋时,很是克制,只是淡淡地如泣如诉,但很快地,便十分地激昂,甚至会令人吃惊地主动地浪荡起来。

作为男人,对一个女性,欣赏她的美貌的同时更注意她的性感与娴熟的技巧,没有比找到这么一位女性使男人更喜悦的事了。这种感受,女人是没有的,女人也许是只注意男人的情趣与实力。

起先,麻衣子对我来说,还只像一只蹲在门口的小猫,可爱且乖巧,伸手去碰她就会逃得远远的。但是慢慢地,这只小猫便熟悉了我的家,感到了我家的温暖,那可爱逗人的本性便显露了出来,成了一只惹人喜爱的小花猫。

说实话,女人并不需要像猫那样时时爱抚、宠爱,所以能够像爱猫那样爱女人,她便会像受着充分雨露的花草,益发显得光彩夺目。

现在回想,当时与麻衣子的爱情,对我来说真是实在太宝贵了。

这理由首先是麻衣子每月来我这里一次,共度美好时光,这对十分繁忙的我来说真是最好的精神调剂,心情当然十分舒畅,而且十分地浪漫和刺激。

当然,她来一次,我要花不少钱,时而还要给她买礼物,但对我来说,这并不是什么沉重的负担。

麻衣子心里怎么想不去说他,但从她每月与我相会的言行来看,尽管我俩的关系十分亲密,但她并不想与我组成家庭或养育孩子。

这当然是因为我比她足足大三十多岁,她也一开始就只将我看作一个"长脚大叔"而与我交往,没有其他的想法,也是理所当然的。

总而言之,我有着她的时时撒娇、调皮、刺激的相会,使自己的生活充满了生气,心里总感到只要自己不厌弃她,两人的关系是会天长地久的。

然而,在与麻衣子交往了第五个年头的春季,记得是三月份,她来东京说想买一只大一些的旅行袋,于是我便在银座的百货店里给她买了一只路易威登的旅行袋,她当时十分喜欢,拿着那包对着镜子左照右照的,嘴里一个劲儿地说:"我一定会十分珍惜这份礼物的。"

从那过了一个月,四月中旬,她来电话说这个月很忙去不了东京了。每年本来总有这么一两次,她有事脱不开身来,碰到这种情况,有时我就去大阪会她,所以她来电话说她忙不能来,我也并没感到什么不正常。

可是又过了一个月,五月中旬,突然我收到一封结婚邀请信。

看信的背后写着寄信人的姓是足立与村濑,我一时想不起这两个是什么人,我打开信封,看内容,一行醒目的文字映入眼眶。

足立京一郎的长子足立微与村濑次男的次女村濑麻衣子伉俪夫妇……

读到此,我猛地感到眼睛发花,又仔细读了两三遍,可还是不能相信这是事实。

我就像耳朵里让人突然灌入了冷水似的震惊不已。

但冷静想想,麻衣子已经二十七岁了。

从二十三岁到二十七岁,对五十多岁的我这么个半老头来说,也许只是平平凡凡的五年时间,但对麻衣子来说,应该是从人生朦朦胧胧走向成熟的最宝贵的岁月。这期间,她承受着我的爱情,同时也对她自己人生道路进行着一种认真的探索。

我顿时为自己的自私迂腐而感到可耻,理解了麻衣子作为女性的当然行为,但心里到底还是不能彻底地释然。

既然要结婚,为什么事先不对我说一声呢?即使说不出口,也应有个表示呀。譬如写封信什么的,毕竟我们的关系非比寻常。

我心里隐隐地感到受了捉弄的不快,又想想也许她是因为我与她关系太深，没有勇气对我直言。

这样反复胡思乱想着，结果还是在邀请信的"欠席"一栏里画了个圆圈，并附上一句"恭贺新婚"的话，将邀请信寄还给了麻衣子。

这不去参加麻衣子婚礼的回信，在我一个"长脚大叔"来说，无疑是一种无声的抗议。

而且一个半月后，六月底麻衣子的正式结婚日，我也没给她送去鲜花与贺电。

先是傍晚时分，一个人徘徊在银座的大街上，想象着我三个月前给她买的那只旅行包，原来是她准备结婚旅行时用的，心里不由地泛起一种难以名状的滋味来。

"真是个傻瓜……"

我自怨自艾，找了个朋友一起去喝酒解闷。几杯下肚，渐渐地，那种自我怨恨的心情消失了，取而代之的是我明白了一个真正的道理。

"是的，那女孩是只名副其实的小猫呀！"

明白了这个道理，再想这五年来麻衣子的所有言行，包括这次突然宣布结婚，多么像只真正的小猫，那样地敏捷、变化无常。

于是我便认定我与麻衣子的交往只是在与一只小猫的交

往。于是一切的不快、愤怒,便一下烟消云散了。

本来嘛,是人可以责怪她,是猫就没有办法了。

这么自我安慰着,心情终于渐渐地平静了下来,可是突然又接到了麻衣子打来的电话。

"身体好吗?"

我只好点点头,接着她便告诉我她新婚旅行回来了,住在神户,因为她丈夫的工作单位在神户。

我真想责怪她几句出出气,但只说出一句"太突然了……",便难以启齿了。电话里,接着便传来她"对不起呀"的道歉声,许久又听到一声殷殷的叹息:"可我,说不出口呀。"

果然如此呀,我的心情顿时轻松了一些,麻衣子好像察觉了似的,不失时机地说道:

"大叔你,还想见我吗?"

声调突然变得柔情似水,我突然感到她那只小猫已经知错了,于是我不由地对着听筒深深地点了点头:

"当然想的喽……"

这样的回答,我自己也有些吃惊,然而此时此刻,我的脑海里浮出的情景是,自己正在与一只美丽可爱的小花猫玩耍,那小花猫柔柔的爪子,已经将我搂得紧紧的了!

图书在版编目（CIP）数据

我伤感的青春 /（日）渡边淳一著；祝子平译. —青岛：青岛出版社，2018.3
（渡边淳一作品）
ISBN 978-7-5552-6740-9

Ⅰ．①我… Ⅱ．①渡… ②祝… Ⅲ．①散文集–日本–现代 Ⅳ．① I313.65

中国版本图书馆 CIP 数据核字（2018）第 024178 号

マイ・センチメンタルジャーニィ by 渡辺淳一
Copyrights：©2000 by 渡辺淳一
This edition arranged through OH INTERNATIONAL CO. LTD.
Simplified Chinese edition copyrights：©2018 by Qingdao Publishing House Co., Ltd.
All rights reserved．
简体中文版通过渡边淳一继承人经由 OH INTERNATIONAL 株式会社授权出版

山东省版权局著作权合同登记号 图字：15-2017-237 号

书　　名	我伤感的青春
著　　者	（日）渡边淳一
译　　者	祝子平
出 版 人	孟鸣飞
出版发行	青岛出版社
社　　址	青岛市海尔路 182 号（266061）
本社网址	http://www.qdpub.com
邮购电话	13335059110　（0532）68068026
策　　划	刘　咏　杨成舜
责任编辑	刘　迅
封面设计	末末美书
照　　排	青岛双星华信印刷有限公司
印　　刷	青岛双星华信印刷有限公司
出版日期	2018 年 3 月第 1 版　2018 年 3 月第 1 次印刷
开　　本	大 32 开（880mm×1230mm）
印　　张	6.375
字　　数	110 千
印　　数	1-13000
书　　号	ISBN 978-7-5552-6740-9
定　　价	32.00 元

编校印装质量、盗版监督服务电话　4006532017　0532-68068638
本书建议陈列类别：日本　文学　畅销